LES
VOLEURS
D'ESPOIR

Les éditions de la courte échelle inc.
160, rue Saint-Viateur Est, bureau 404
Montréal (Québec) H2T 1A8
www.courteechelle.com

Révision: Sophie Sainte-Marie

Dépôt légal, 1er trimestre 2013
Bibliothèque nationale du Québec

Copyright © 2013 Les éditions de la courte échelle inc.

La courte échelle reconnaît l'aide financière du gouvernement du Canada par
l'entremise du Fonds du livre du Canada pour ses activités d'édition. La courte échelle
est aussi inscrite au programme de subvention globale du Conseil des arts du Canada
et reçoit l'appui du gouvernement du Québec par l'intermédiaire de la SODEC.

La courte échelle bénéficie également du Programme de crédit d'impôt pour l'édition
de livres — Gestion SODEC — du gouvernement du Québec.

**Catalogage avant publication de Bibliothèque et Archives nationales du Québec
et Bibliothèque et Archives Canada**

Marois, André

Les voleurs d'espoir

Éd. originale: c2001.

Publ. à l'origine dans la coll.: Roman +.

Pour les jeunes de 12 ans et plus.

ISBN 978-2-89695-265-6

I. Titre.

PS8576.A742V64 2013   jC843'.54   C2012-942214-2
PS9576.A742V64 2013

Imprimé au Canada

André Marois

LES VOLEURS D'ESPOIR

la courte échelle

À Julia, Charlie, Jérémie et Hugo.

Mon pays,
ce n'est pas un pays.
C'est l'hiver.
GILLES VIGNEAULT, fin du XXᵉ siècle

Mon pays,
c'est l'enfer.
Cybergraffiti, début du XXIᵉ siècle

1
L'histoire nous rattrape

Montréal 2024.

8 h 22, sonnerie de l'école. Il fallait être installé à son bureau en huit minutes.

8 h 30, sonnerie du début des cours. L'écran s'alluma de lui-même et le voyant capta la présence d'Hugo.

— Bonjour, Hugo, vas-tu mieux aujourd'hui ?

Sur le moniteur panoramique et ses trente-deux millions de couleurs, la face pâlichonne de Monik sourit à l'élève. Mais Hugo ne lui répondit pas. Il n'avait pas envie de faire des courbettes à son professeur virtuel. Et puis non, Hugo n'allait pas mieux aujourd'hui. Il était enragé à l'idée de rester là, à réviser son examen d'histoire, alors qu'on n'annonçait aucune chute de verglas avant trente-six heures ! Il aurait été mieux dehors à faire la course en motoglace avec ses amis.

Il avait entendu dire que l'ancienne autoroute 20 venait de recevoir une belle couche de verglas pas trop granuleux. Simon avait réussi à monter sa bécane à plus de 147 km/h. Tellement vite qu'il avait fait chauffer les clous de trois centimètres qui recouvraient la chenille. Si Simon, avec sa vieille Kawa, avait pu graver ce chrono, Hugo ferait un malheur avec sa nouvelle Suzu.

— Hugo, as-tu perdu ta langue?

Elle ne pouvait pas le laisser tranquille, celle-là? Mais bon, il fallait endurer le réso-enseignement, comme les autres.

— Ça va, ça va. Qu'est-ce qu'on se tape aujourd'hui?

— Un peu de politesse, jeune homme! Ton âge ne te donne pas tous les privilèges.

Son âge! Jusqu'à la fin de ses jours, il en entendrait parler. Parce qu'à quatorze ans Hugo se retrouvait le dernier-né des Québécois. Après sa naissance, plus un seul nourrisson n'avait vu le jour sur ce petit coin de la planète. La courbe des naissances était demeurée aussi plate que les ventres féminins. La grande stérilité avait commencé.

On avait tout essayé, tout tenté. À qui la faute : aux hommes ou aux femmes? À personne, semblait-il. Les femmes ovulaient et les hommes produisaient leur quantité réglementaire de spermatozoïdes, au-dessus des vingt millions par millilitre. Sauf qu'il n'y avait pas fécondation. Pas de bébés, pas de couches, pas de biberons. Hugo fermait la marche des enfants. Plus il prenait de l'âge et plus la population attrapait un coup de vieux.

La nation entière vivait en préretraite.

Au début, on avait accusé le gel. Toute cette galère avait commencé par la grande tempête de verglas de 2005, sept ans après la fameuse catastrophe de 1998. Sauf qu'il y en avait eu une autre l'année suivante, deux l'hiver d'après, et ainsi de suite. Résultat : les arbres avaient craqué sous l'énorme charge. La végétation était morte étouffée, gelée ou écrasée. Le désert blanc s'était répandu. La vie continuait, mais à l'intérieur, dans les maisons ziglous.

On avait un moment expliqué le taux de fécondité nul par la vie cloîtrée. Puis on avait cherché du côté des slips trop collants qui gênent le refroidissement naturel des testicules. Pourtant, les spermogrammes demeuraient normaux.

On avait émis l'hypothèse de la nourriture lyophilisée. Un manque d'aliments frais aurait provoqué le problème. Les Vitakid étaient apparues : un concentré de vitamines, d'aphrodisiaques et de divers compléments chimiques. Échec total. Le clonage étant interdit, on avait encouragé les gens à faire plus de sport, à tester de nouvelles positions. Pour rien : aucun embryon de Québécois n'avait pointé son nez à l'horizon.

Depuis, les charlatans en tous genres s'enrichissaient en vendant des placebos, des machines à ions négatifs et autres bidules censés résoudre le problème. La république du Québec enregistrait chaque jour une diminution de sa population. Terrible !

— Arrête, Monik ! Tu n'as pas besoin de me rappeler sans cesse mon âge. Laissez-moi vivre, les vieux !

— Désolée, Hugo, mais tu as une responsabilité envers la communauté. Tu es un symbole. Tiens, encore hier soir, le président Burk m'a demandé comment se déroulaient tes études.

— Il ne manquait plus que lui !

— Un peu de respect, jeune homme.

— Mouais, répondit Hugo.

Mince, quand trois millions de personnes vous considèrent comme leur seul avenir, qu'une compagnie de céréales vous paie une fortune en échange d'une photo sur leurs plastisacs de flocons de maïs, on peut bien se permettre d'être insolent.

— Le 14 avril 2005, ça te rappelle quelque chose ?

L'image de son professeur s'était couverte d'une paire de lunettes ridicules. L'examen commençait.

— Ouais, c'est la date du référendum où le OUI est passé avec une majorité de 50,87 %.

— Le 24 juin 2005 ? lança Monik sur le même ton.

— Déclaration unilatérale d'indépendance et proclamation de la république du Québec.

C'était facile de retenir des dates pareilles, surtout avec un père aussi militant que le sien. Il lui avait suffisamment rebattu les oreilles avec ses histoires de séparation, ses luttes et sa victoire, comment ils avaient remporté leur fameux troisième référendum, et tout ce qui avait suivi.

Les Anglais étaient partis par hélicoptères entiers, d'eux-mêmes. *The* débâcle ! Toute une époque effacée en quelques mois. Anglais, *go home* ! Plus un mangeur de rosbif en vue au bout de trois jours, pendant que les vainqueurs chantaient du Félix Leclerc !

Ça avait été la fête durant six mois.

Quand les autochtones et les Cantons-de-l'Est avaient fait sécession, Montréal et Québec s'étaient serré les coudes. Un peuple doit assumer ses choix s'il veut s'émanciper.

Depuis, la tension s'était relâchée ; chacun était officiellement fier d'être Québécois et on ne parlait plus que le français.

Le père d'Hugo arborait parfois son insigne de l'ALQ, l'Armée de libération du Québec, quoique de moins en moins souvent. En vieillissant, on oublie qu'on a été un rebelle. On s'installe, on fait comme si ça avait toujours été ainsi. Les révolutionnaires ont du mal à accepter que d'autres poursuivent la lutte. Ils pensent que ce qu'ils ont accompli est définitif et parfait.

Dans le cas du Québec, aucune révolte ne risquait de venir des jeunes, puisqu'il n'y en avait quasiment plus.

— Hugo, tu es de nouveau dans la lune.

— Ouais, quoi encore ?

La sonnerie retentit pour annoncer la récréation. Hugo soupira et éteignit l'écran. Monik s'effaça. S'il se dépêchait, il pourrait rejoindre Simon avant que la grande nuit ait tout englouti.

Si jamais il s'esquintait avec sa motoglace, ce serait le deuil national.

2
Hugo dans le réso

Les chiens! Hugo n'avait pas fait cent mètres sur la glace que deux flics de la Sûreté du Québec l'avaient coincé. Motif de l'arrestation : un symbole national ne joue pas avec sa vie. Ils l'avaient sagement raccompagné à la maison et, pire que tout, lui avaient confisqué la clé de sa Suzu.

— Hé! les gars! Vous n'avez pas le droit. Je n'ai rien fait de mal!

— Les ordres sont les ordres, le jeune. Retourne à tes études, la récréation est terminée.

Un autre coup de ce maudit réso. Big brother prend soin du petit frère du peuple.

Hugo rentra en claquant la double porte. Chez lui, c'était bonjour l'ennui. Sa mère travaillait, captive de l'écran. D'ailleurs, elle ne faisait que ça. Le pays fonctionnait de cette façon.

Travailleurs à domicile, les Québécois s'étaient recyclés dans le télétraitement de comptabilité. Quatre-vingt-quinze pour cent de la population gagnait sa vie à corriger des listes de chiffres pour des sociétés du Moyen-Orient, à établir les fiches de paie d'employés de compagnies ukrainiennes, à préparer les déclarations d'impôts des cadres finlandais travaillant dans l'une des douze stations orbitales.

Tout circulait par le réso. Les commandes tombaient le lundi matin et devaient être achevées pour la fin de semaine. On était payé à la tâche et, pour que ça rapporte assez, il fallait consacrer beaucoup d'heures à faire valser les nombres.

Le reste du temps, chacun restait branché sur son moniteur pour les programmes tévé ou pour discuter avec sa famille qui logeait de l'autre côté de la rue. Les yeux étaient rivés sur le réso presque en permanence.

— Ça va, m'man ?

Hugo était encore en colère, mais il savait qu'il ne pouvait pas déranger longtemps sa mère, surtout que son père ne travaillait plus depuis qu'il s'était mis à trembler comme une feuille. Lorsqu'il tapait sur le clavier, ses doigts n'atteignaient jamais la bonne touche. Embêtant, quand tu es en train de chiffrer les taxes d'une technoboîte telle que Macrohard. Un déplacement de virgule à droite ou à gauche et ce sont des milliards de dollars à payer en moins… ou en plus. C'est d'ailleurs ce qui s'était produit et qui l'avait écarté du résoboulot. Désormais, il faisait le ménage et tournait en rond pour se calmer les nerfs.

Tout le système était géré par une société d'État, avec certificat de confidentialité à la clé. La situation était idéale. Les comptes demeuraient secrets, entrant et sortant des ziglous par fibre optique. Le pays devenu hermétique, les clients étrangers avaient vite afflué. On voyait le label Sécurité Québec estampillé aux quatre coins du globe, et même au-delà.

Hugo regardait sa mère qui cherchait une erreur dans un bilan.

— Il manque trois yens et je ne les trouve pas! J'ai beau refaire les totaux, ces trois-là m'échappent. Je ne comprends pas. Le logiciel peut additionner des milliards de chiffres, mais il est incapable de repérer une poignée de monnaie japonaise égarée.

— Tu devrais faire une pause, suggéra Hugo. Tes yeux sont rouges.

— Le petit dit vrai, renchérit son père. Arrête-toi cinq minutes. Ce n'est pas l'esclavage, quand même!

— Vous avez raison, avoua la mère.

Hugo la contemplait comme s'il lisait son propre avenir: un poste de contrôleur pour le réso, avec prime au rendement et quatre semaines de vacances en fin de carrière. Toute une vie avec les fesses écrasées sur un siège ergonomique. Que le blues commence!

À quatorze ans, on rêve d'autre chose.

Il abandonna ses parents à leur thé et s'enferma dans sa chambre. Il éteignit toutes les lumières, alluma son ordinateur et le connecta au réso. Peut-être avait-il des messages. Ça pourrait lui changer les idées.

Hugo était l'un des rares civils à avoir accès à l'intérieur du réso. Avec quelques autres privilégiés, son avatar pouvait s'y promener librement. En tant que benjamin de la population, le gouvernement lui avait confié la mission de répondre à toutes les missives de couples sans enfants. Il leur rendait des visites virtuelles, discutait quelques minutes avec eux, tel un fils avec ses parents.

Le ministère de la Jeunesse lui avait fourni un casque numérique 4D téléporteur et un code secret pour pénétrer au coeur du système. C'était fascinant. Sans sortir de chez lui, il pouvait se déplacer virtuellement partout dans le pays.

Derrière les écrans se baladaient aussi des agents de maintenance, divers fonctionnaires et de nombreux policiers. Des informations compressées circulaient à très haute vitesse. Invisibles à l'œil nu, on les repérait au sifflement que produisait leur déplacement et au léger cliquetis provoqué par leur chargement dans les ordinateurs des travailleurs.

À l'intérieur du réso, on pouvait également observer les usagers connectés par le biais des w.cams, mais les consignes étaient strictes : défense de les espionner. La tentation était grande et c'était tellement amusant de découvrir dans quelle tenue les gens travaillaient ou de quelle façon ils avaient décoré leur ziglou !

Hugo adorait se balader au hasard des couloirs. Parfois, il faisait de drôles de découvertes.

Un soir où il s'était perdu en se rendant chez un couple stérile, il avait remarqué une étrange porte. Un grand rectangle gris qui ne s'ouvrait qu'au passage de certains messages aux sonorités stridentes. Hugo s'était recroquevillé dans un coin sombre pour tenter d'en savoir plus. Bientôt, il avait vu entrer et sortir plusieurs agents de la Sûreté du Québec. Ainsi, le réso renfermait bien cette fameuse zone secrète surnommée le résoflic.

Depuis toujours, Hugo avait développé une passion maladive pour l'informatique et ses pirates. Là, il se trouvait face à un portail qui lui résistait et qui ne faisait qu'exacerber sa curiosité.

L'adolescent avait sa petite idée pour pénétrer le résoflic. Il retourna devant l'entrée et patienta. Soudain, il entendit un cri:

— HUGOOO!

L'avait-on aperçu? Le son était à la fois proche et lointain, comme issu d'une autre dimension. La plainte reprit, accompagnée de coups sourds.

— HUUUGOOOO!!!

Il fit demi-tour, dévala un grand couloir tout blanc, repéra un sas pour quitter le réso, déboucha en trombe dans le passage de son ordinateur, puis s'extirpa *in extremis* du système.

Ses parents frappaient à la porte de sa chambre. Il déverrouilla et sa mère se précipita sur lui, en pleurs.

— Mon chéri, tu n'as rien?

— Maman, je t'ai déjà dit que, lorsque je suis dans le réso, je n'entends rien.

— Pourquoi t'enfermes-tu à clé ? questionna son père.

— Je ne sais pas, je ne m'en suis pas rendu compte.

Sa mère le serrait à l'étouffer.

— Mon petit, tu sais qu'on n'a que toi. Ne nous fais plus de telles peurs !

3
En argoh dans le texte

Ailleurs, au centre d'un lac gelé loin de Montréal.

La rencontre eut lieu, même si Paul était en retard. Il s'était juré de ne pas sortir seul, sauf que personne n'avait pu l'accompagner. Il avait dû se résoudre à braver l'enfer blanc sans doublure. Danger majeur car, en cas de panne ou d'accident, personne ne le secourrait. Il pourrait se transformer en glaçon avant l'arrivée des autres ou se faire repérer par les mouchards de la Sûreté.

Il accéléra et les clous de sa motoglace mordirent le sol plus profondément.

Deux Zaïrois l'attendaient. Paul finit sa course par une glissade savante. Il stoppa à trois mètres des livreurs.

— Alors, Paul, tu nous fais prendre racine ? Ça fait dix minutes qu'on se les gèle. Ce n'est pas bon pour notre métabolisme. On n'est pas d'ici, nous.

— Je sais, les gars. Je suis désolé. J'ai eu un contretemps. Vous avez la marchandise ?

L'incident était clos, les affaires continuaient.

— On ne serait pas là, sinon. Tu as le fric ?

Paul dégagea un sac de son coffre latéral. Il fit glisser la fermeture pour montrer le paquet de pseudo-dollars. On appelait ainsi les rares coupures qui circulaient sous les manteaux, dernière monnaie de papier légale héritée d'avant le grand froid. On calculait le cours du pseudo sur celui du cyberdollar, avec un rapport de un et demi.

Mah était allé chercher une boîte qu'il ouvrit à son tour. À l'intérieur, soigneusement alignées par rangées de vingt, des barrettes de mémoire vive. Paul en inspecta une, avant de s'adresser à l'Africain.

— Bon, j'espère que, cette fois-ci, tu m'as dégoté de la bonne mémoire, Mah. La dernière livraison était bourrée de virus. J'ai dû lui faire subir une quarantaine séquentielle pour la nettoyer. Avec vingt-cinq pour cent de perte sèche.

— Ne t'inquiète pas, mon frère ; celles-là viennent de mon village. C'est du garanti pur bon. Pas de la guimauve.

L'argent disparut dans la motoglace de Mah et Paul prit la boîte. Les trois hommes se tapèrent les gants, puis se quittèrent. L'échange n'avait pas duré plus de deux minutes. Ils repartirent chacun dans leur direction. Les Zaïrois filèrent vers le sud et Paul suivit ses propres traces à moitié effacées.

Il n'y avait plus qu'à rouler jusqu'à la maison, à une demi-heure à l'ouest. Pas d'hélicoptère en vue, la voie était libre.

Officiellement, Paul était chef comptable sur le résoboulot. En réalité, il gagnait sa vie en trafiquant des octets. Les gens étaient tellement dépendants de leurs ordinateurs qu'ils cherchaient par tous les moyens à les gonfler. C'était la chasse à la grosse mémoire. Et Paul en avait toujours à revendre.

Une seule barrette bien installée permettait de gagner cinq cents gigaoctets. On pouvait ainsi travailler plus vite, donc gagner plus de cyberdollars. Paul possédait son propre réseau de distribution, hérité d'une époque lointaine où il faisait du porte-à-porte pour vendre des aspirateurs robotisés.

Tout se déroulait toujours à l'extérieur, là où les oreilles et les caméras du réso claquaient de froid. Pas de témoins, jamais de problèmes.

Avec ce qu'il avait acheté aujourd'hui, Paul pourrait répondre à une grosse commande du côté de Sorel. À condition, bien sûr, que ses fournisseurs n'aient pas encore laissé traîner leurs saletés virales dans les circuits.

Son village apparut, Saint-Glagla, où quatre immenses boules de glace permettaient de situer les ziglous de la tribu. Le contrebandier fila droit sur un mur blanc qui se souleva à son approche. Il entra dans le garage dont la porte se refermait déjà.

— *Jourbon*! Tu as fait *gut*[1] *travel*[2]?

---

1. Bon, en allemand.
2. Voyage, en anglais.

C'était sa femme, Ingrid, qui l'accueillait sur le petit écran près des outils.

— J'ai *machen*[1] *presto*[2]. La *brain*[3] semble *muy bien*[4].

Chez les Molbek, on ne parlait pas le français comme ailleurs au Québec. Ici et chez les trois familles voisines, amies et alliées, on utilisait l'argoh pour communiquer. Cela simplifiait les rapports humains, car personne ne parlait la même langue maternelle. On avait donc tout mélangé : français, anglais, italien, espagnol, créole, verlan[5], sans privilégier un langage plus qu'un autre. Ça donnait un espéranto pas toujours facile à comprendre pour les non-initiés, mais les membres de la tribu ne parlaient l'argoh qu'entre eux.

Paul et tout le minivillage de Saint-Glagla fonctionnaient en dehors du grand système. Officiellement, sept personnes habitaient les lieux, alors que, dans la réalité, ils étaient une vingtaine. Ça permettait de se relayer devant les postes de travail du résoboulot et de libérer de la main-d'oeuvre pour les autres activités de la communauté.

À la revente des barrettes, qui partaient comme des petits pains, venaient s'ajouter quelques trafics complémentaires : vrai café, vrai chocolat, vrais biscuits. Tout

---

1. Faire, en allemand.
2. Vite, en italien.
3. Mémoire, en anglais.
4. Très bien, en espagnol.
5. Argot parisien où l'on inverse les syllabes (bonjour = jourbon).

ce que le magasin d'État Profito ne fournissait plus depuis longtemps.

On testait aussi en circuit fermé plusieurs moyens d'aller voler des informations, des points de crédits pour la retraite, des heures de tévé gratis ou des babioles technologiques sur le réso. Quand tout était prêt, Georges, le voisin de Paul, s'installait à son clavier et partait faire son piratage chez les gouvernants. Jusque-là, il avait toujours réussi à se débarrasser des influx-glus.

Ces trucs pouvaient adhérer à la plus petite phrase en langage binaire. Invisibles, sans masse, ils attendaient que vous soyez parvenus à destination pour se déclencher. Les surveillants du réso retraçaient ainsi tout le parcours d'un envoi. Une vraie plaie, ces influx. Mais Georges les avait depuis longtemps neutralisés. Ce qu'il envoyait dans les circuits était au préalable recouvert d'une pellicule anti-adhérente, genre téflon virtuel. Un coup de vaporisateur magique avant l'expédition, pschitt! pschitt! Roulez, petits bolides. Les mouchards ne collaient pas.

Paul poussa une porte et pénétra dans le deuxième appartement, qui n'existait pas légalement. La jeune Anaël, six mois, lui tendit les mains en gazouillant.

— Pépa est *back*[1], ma pitchounette.

---

1. De retour, en anglais.

Il la prit dans ses bras.

Il y avait des gamins de moins de quatorze ans dans les quatre ziglous! Ils étaient six en tout, sans compter celui qu'attendait Mika pour mai. Ça expliquait leur mode de fonctionnement semi-clandestin.

Les enfants s'exprimaient généralement en argoh. Tous parlaient aussi le français et la langue de leurs parents.

Ce que les citoyens de Saint-Glagla ne comprenaient pas, c'était pourquoi ils pouvaient enfanter. Pourquoi trois millions de Québécois luttaient-ils depuis si longtemps contre l'arrêt de la procréation, et pas eux? Ils s'alimentaient comme le reste du pays, à part peut-être une légère tendance à boire plus de thé et de café de contrebande. Mais rien pour expliquer leur fécondité. Il y avait forcément autre chose.

Cependant, il n'était pas question de devenir les cobayes de Médica: le ministère de la Santé et de la Recherche. Le jour où l'on découvrirait leur secret, ces cinglés du gouvernement voudraient transformer leurs ziglous en zoo humain. Non merci! Personne ne jouait au malin avec les règles de sécurité.

— Montre à pépa *your*[1] *schöne*[2] dessin.

Paul s'était penché sur la table où dessinait son fils de six ans, Sol. L'image était censée représenter un troupeau de vaches.

---

1. Ton, en anglais.
2. Beau, en allemand.

— C'est *what*[1] ?

— Une maman meuh qui *comer*[2] avec ses *bambini*[3].

— Et leur pépa ?

— Il est parti *spazieren*[4].

Il dessinait sur du papier! Depuis la mort des arbres, l'imprimé avait disparu. Plus une feuille à griffonner. Tout se faisait avec les ordinateurs. Des années plus tôt, son oncle Lionel avait réussi à voler un camion chargé de papier journal: la fameuse opération Grand rolo. Ils en avaient encore pour des décennies.

Paul sourit à son fils et alla s'enfermer dans son bureau. Il devait tester ses barrettes avant de lancer la vente. Il alluma son ordinateur branché sur le circuit interne et poussa un cri.

— Oh! C'est *what*?

Sur l'écran, le visage d'un vieux clown tout ridé venait d'apparaître et lui souriait.

— *Jourbon*, Paul.

---

1. Quoi, en anglais.
2. Manger, en espagnol.
3. Bébés, en italien.
4. Se promener, en allemand.

4

Un invité surprise

Ça, c'était le genre de truc qui faisait rire Georges.

— J'ai cru que c'était *realidad*[1]. *Gut joke*[2], Georges !

Paul appuya sur une touche et le bouffon fut remplacé par une sinusoïde. La courbe ondulait lentement pendant que se chargeait le programme antivirus. Paul ouvrit un compartiment du petit boîtier rouge sur la table et y introduisit la première barrette.

Il démarra le programme et scruta l'écran avec un brin d'appréhension. Les mouvements pendulaires cessèrent soudain. Le clown se frayait un passage entre les zigzags.

— C'est comme ça que tu reçois tes invités, Paul ? En leur claquant la porte au nez ?

— Laisse-moi tranquille, Georges ! Tu vas *verschwinden*[3] illico !

— Tu fais fausse route, Paul. Georges fait la sieste sur son lit. En plus, il ronfle.

Aussitôt, le rigolo présenta une image de Georges en train de rêver. Il fit un gros plan sur la montre

---

1. Réalité, en espagnol.
2. Blague, en anglais.
3. Disparaître, en allemand.

de l'endormi et Paul put vérifier qu'il s'agissait d'une image réelle, filmée en direct. Mais c'était impossible. Leur réseau interne n'était pas connecté au réso. D'où pouvait sortir ce fou ? Un piège de la Sûreté ? Prudence.

— Que voulez-vous ? Vous êtes dans une propriété privée, ici. Pas sur le réso. Déguerpissez ! siffla Paul, sur ses gardes.

— J'ai besoin de vous, insista l'intrus.

— Je ne peux pas vous aider. Je ne suis qu'un modeste chef comptable.

Le clown poussa un soupir bizarre. Ça faisait un son de satellite en panne. Il était peut-être en train de s'éteindre.

— Écoutez, Paul. Accordez-moi trois minutes et je vous explique qui je suis et ce que je veux. Ensuite, vous serez libre d'accepter ma proposition. Si vous refusez, je m'efface. Promis.

Décidément, l'intrus avait plus d'aplomb qu'un vendeur d'encyclopédies numérisées. Maintenant qu'il était là, il ne s'en irait qu'après avoir fourgué sa camelote. Il valait mieux le laisser raconter son baratin.

— Merci, Paul. Mon nom est Hugo, vous avez dû entendre parler de moi.

Le visage d'Hugo apparut à l'écran.

— Bon, voilà. J'en ai assez de tenir le rôle du petit dernier de la république. J'ai découvert que vous n'avez pas ce problème…

Le père de famille se raidit dans son fauteuil. Ça y est, on les avait repérés. Il fallait que ça se produise un jour. Il s'agissait de s'enfuir au plus vite, de l'autre côté de la frontière, aussi loin au sud que pourraient les emmener leurs motoglaces. Il se leva, affolé. Hugo lui fit signe de s'apaiser.

— Attendez, vous vous trompez! Je n'en veux pas à vos enfants. Au contraire. Je suis ici pour qu'un jour ils puissent jouer avec d'autres Québécois que ceux des ziglous voisins. Pour qu'ils puissent avoir à leur tour des enfants en toute liberté. La grande stérilité n'est pas tombée du ciel. Vous en êtes la meilleure preuve. Je suis sûr qu'il n'y a pas de fatalité, ni de malédiction. Je veux en avoir le cœur net. J'ai besoin de vous.

— Écoute, Hugo, si tu es capable de t'infiltrer dans un circuit fermé, tu n'auras aucun problème pour te balader où bon te semble. Je ne suis pas technocrack, moi.

Un grand sourire s'épanouit sur la face d'Hugo.

— Non, mais vous êtes trafiquant.

— La discussion est close. Mon business, c'est mon affaire. Il ne faut pas tout mélanger.

Le visage du jeune redevint grave. Il vieillit soudain en même temps qu'un nez rouge poussait sur sa figure. Ce fut un homme moribond qui prononça les derniers mots.

— Continuez comme ça, Paul. Votre petit trafic, votre cocon protégé, votre position réactionnaire, votre égoïsme. Je ne vous salue pas.

L'image disparut. La sinusoïde finissait son décodage. L'écran afficha le résultat : infections au XCT, Rétrogamma, Danex, plus trois autres parasites non répertoriés et provisoirement dénommés V1, V2 et V3.

— Eh merde !

Paul balança un grand coup de pied dans une armoire en fer et ressortit en claquant la porte.

5
La mémoire en plus

À Montréal, la routine du quotidien se répétait, rassurante.

Lorsque le vieux réveil mécanique sonna à 6 h 15, Victor Bouchard était debout, douché, rasé. Il finissait de nouer sa cravate. Sa femme, Nicole, se réveilla en maugréant. Elle était en retard et avait du travail par-dessus les oreilles. Victor la gratifia d'un baiser furtif sur le front en l'assurant que tout irait bien, qu'il n'y avait pas lieu de s'inquiéter, qu'elle s'en sortirait. Comme d'habitude.

Victor prépara son habituel lunch froid, comportant un nombre précis de calories, calculé en fonction de son sexe, de son activité sédentaire et de ses quarante-trois ans. Vêtu d'un habit anthracite et chaussé de pantoufles fourrées, il saisit sa mallette et son repas, embrassa une seconde fois son épouse, puis partit à son bureau.

Victor fit cinq pas dans le couloir, s'arrêta devant une porte métallique et sortit une carte magnétique. Il la glissa dans une fente, pianota un code, entra dans son bureau et referma soigneusement. Chaque jour, il travaillait ainsi chez lui.

Victor Bouchard faisait partie des cinq pour cent de la population qui ne gagnaient pas leur vie en comptabilisant des chiffres venus d'ailleurs. Branché sur le résoflic, il était fonctionnaire au ministère de l'Intérieur québécois, département de la sécurité, chargé des opérations spéciales.

Un flic à domicile, en somme.

Derrière lui, le portrait du président Burk faisait face aux deux caméras. De sa place, Victor apparaissait en tenue irréprochable, le rayon d'action ne couvrant pas le sol. C'était un flic pantouflard, identique à ses milliers de collègues qui œuvraient de chez eux.

Dans la cuisine, Nicole mastiquait consciencieusement le contenu de son bol de céréales. Elle avait encore le cafard. Chaque matin, elle retrouvait la photo d'Hugo sur le plastisac de flocons de maïs. Ça lui faisait l'effet d'un sabre lui transperçant le cœur. Elle versait sa petite larme.

Elle retournait l'emballage et tentait de penser à autre chose : la journée qui l'attendait, par exemple. Quelle tristesse! Le visage du plus jeune Québécois demeurait imprimé sur ses rétines. Bien sûr, Nicole aurait pu changer de marque, mais c'était plus fort qu'elle. Elle rachetait toujours la même.

Elle aurait tellement voulu avoir des enfants. C'était son unique motivation dans la vie. Sauf que ça n'avait jamais fonctionné. C'était pareil pour toutes ses amies.

Le sujet revenait toujours dans leurs conversations amères. Les années avaient passé, elle avait franchi le cap de la quarantaine et remisé ses espoirs. Elle n'avait plus qu'à vieillir, mourir. Vie de taupe.

Dix ans plus tôt, l'État avait entrouvert la porte à un programme d'adoption internationale. À l'époque, un mouvement de colère s'était formé dans les rangs des ventres vides. Des pétitions circulaient, accusant le gouvernement de rester les bras croisés devant la dégénérescence de son peuple. Les femmes menaçaient d'aller chercher elles-mêmes des gamins dans d'autres pays. Le message avait fini par passer.

Un accord avait été conclu avec trois gouvernements susceptibles de leur fournir des jeunes orphelins. Les négociations furent ardues. On avait sélectionné les plus pauvres du moment : Irak, Colombie, Turquie. Ça s'était joué à coups de millions de dollars.

Six mois plus tard, les cinq premiers gamins avaient débarqué. Et ce fut pire que tout.

Ils moururent l'un après l'autre, victimes d'une bactérie inconnue. Les chercheurs de Médica conclurent à une incapacité d'adaptation à la vie cloîtrée des ziglous. Une sorte de claustrophobie mortelle.

On médiatisa à fond le chagrin des parents. Leur douleur fit la une plusieurs semaines. Trois des mamans éphémères se suicidèrent. La planète entière ne parlait que de ça. Le Québec était maudit.

Les accords d'adoption furent rompus. Le gouvernement occupa les esprits en augmentant les salaires et en sortant une nouvelle loterie. L'activité économique pouvait reprendre.

Nicole s'installa en peignoir fuchsia devant son écran. Elle était à peine assise que l'écran sonna pour l'avertir qu'on l'appelait.

— Ça va, ma puce?

C'était son amie Johanne. Nicole lui adressa un mince sourire avant de répondre.

— J'ai le rapport annuel de Coca-Cola à terminer pour après-demain et je n'en suis même pas à la moitié. Mon vieil ordinateur est saturé, il se traîne. Une vraie tortue. Il faudrait que je fasse le ménage dans mes fichiers mais, si je commence, j'en ai pour la matinée.

— Ma pauvre! Je ne peux pas t'aider. J'ai les primes d'assurance-vie de tout Cuba à réviser d'ici vendredi. C'est un bazar sans nom. À croire qu'ils ne pensent jamais mourir sur cette île.

— Tu sais, ils sont au soleil. Ils boivent du rhum…

— Arrête les clichés. Si tu connaissais leur pauvreté, tu hésiterais avant d'aller t'installer sous les cocotiers.

Silence. Les deux copines cherchaient un autre sujet de conversation.

— Il faut vraiment que je m'y mette, Johanne. Ça sent les heures supplémentaires. Je déprime à l'avance.

— Courage, ma puce ! Je te rappelle ce soir.

— Ouais, c'est ça, à ce soir.

Nicole fit glisser le fichier avec le célèbre logo rouge sur l'icône du calculateur. Son IBM se réveilla et commença à charger péniblement les données. Il en avait pour quatre minutes. Elle se leva pour aller s'habiller. Dans le couloir, elle fut tentée de frapper à la porte du bureau de Victor, mais elle se ravisa. À quoi bon, puisqu'il ne répondrait pas. Il ne ressortirait de son bunker qu'à 19 h 15 précises.

Nicole détestait la routine.

Dans la journée, Victor se déconnectait du réso officiel, interdisant ainsi tout contact. Sa femme n'ayant droit à aucun traitement de faveur, elle ne pouvait pas l'appeler. En cas d'urgence, Nicole devait se brancher sur l'extérieur. C'était comme si un passage souterrain emportait son mari chaque jour à l'autre bout de Montréal.

Tant de zèle agaçait Nicole. Il ne lui racontait strictement rien sur ses activités. Secret d'État. Heureusement qu'elle travaillait beaucoup, sinon elle serait devenue folle à attendre un époux qui se terrait dans le même appartement qu'elle. Une sorte d'ermite policier à la mode multimédia.

Lorsque Nicole revint à son ordinateur, elle entendit un bruit sourd du côté de la porte d'entrée. Derrière la paroi vitrée, elle discerna une forme humaine. Une silhouette de femme qui frappait sur le carreau avec ses gros gants. Nicole pénétra dans le hall et observa de plus près.

La femme lui fit le signe de la paix avec l'index et le majeur bien écartés.

— Vous désirez ?

La visiteuse lui tendit une ardoise thermique datant de l'autre millénaire, une antiquité où était inscrit : *Je suis sourde et muette. Je gagne ma vie en vendant de la mémoire vive. Ça vous intéresse ?* Elle se tenait de façon à ce que la caméra de l'entrée ne puisse pas identifier ses gestes, ni lire son message.

Nicole allait refuser, quand elle se rappela son ordinateur qui se traînait. L'enfer. Pourquoi se compliquer la vie ? Elle articula un oui à l'autre qui lut sur ses lèvres. Celle-ci effaça son message et le remplaça par un nouveau : *RDV dans cinq minutes, près du stade. Paiement en pseudo-dollars.*

Nicole rentra et se hâta vers sa chambre. C'était bizarre d'agir ainsi, sauf qu'elle avait besoin d'un peu d'imprévu aujourd'hui. De quoi changer la routine. En plus, ces gigaoctets de contrebande ne pourraient pas nuire. Elle n'en soufflerait rien à Victor puisqu'il se contrefichait de ce qu'elle faisait de ses journées. Nicole enfila plusieurs couches de vêtements sans s'attarder à l'harmonie des couleurs.

Quatre minutes plus tard, elle rejoignit la sourde à l'endroit convenu. Tout excitée, telle une gamine à qui l'on vient d'accorder sa première permission de minuit, elle cria :

— OK, ça m'intéresse. C'est combien ?

La femme sursauta aux décibels de la voix. Elle mit un doigt devant sa bouche.

— Doucement ! Je ne suis pas sourde.

— Mais c'est vous qui m'avez dit que…

— Je n'ai rien dit. Juste écrit.

— Justement.

— C'est huit cents pseudos la barrette de cinq cents gigas.

Nicole se tut. Ça méritait réflexion. Elle ne s'était jamais posé la question du prix d'un supplément de mémoire vive. Mais huit cents pseudos, ça équivalait à mille deux cents cyberdollars. Cela représentait beaucoup d'heures de résoboulot. Toutes ses économies y passeraient. Et elle n'aurait aucune garantie pour ce genre de matériel. L'ex-muette anticipa sa réserve.

— Dans le catalogue électronique de All-Smart, elles sont à mille cinq cents cybers plus taxes.

— Oui, mais elles sont garanties.

— Bon, je peux vous faire une ristourne de cinquante pseudos. Je ne peux pas descendre plus. J'ai mes frais. Sans compter les risques…

L'acheteuse et la vendeuse se dévisagèrent entre les bandes de leurs foulards en polar. L'une hésitait, l'autre patientait. Nicole se lança.

— Je n'ai que sept cents pseudos sur moi…

Une lueur triomphale souleva les sourcils de la femme, bientôt suivie d'un froncement.

— Fait pas chaud, hein ?

Nicole sursauta, puis se reprit en apercevant un uniforme de la Sûreté qui se dirigeait vers elles. Elle commença à paniquer. Si elle se faisait prendre avec tous ces pseudos sur elle, ça risquait de mal finir. Et Victor ne lèverait pas le petit doigt pour la sortir de là.

— Non, mais on est encore dans les normes saisonnières, fit-elle en tremblotant.

Le flic passa sans leur prêter attention. Elles attendirent une minute et la femme reprit la transaction.

— Je devrai me contenter de sept cents, je suppose.

Elle sortit un sachet en plastique avec l'objet de la transaction. Un rouleau de billets attachés par un élastique apparut dans la main de Nicole.

— Vous saurez l'installer ?

— Pas de problème. J'ai appris ça pendant ma formation pour le résoboulot. Je devrais me débrouiller.

La fausse sourde s'éloigna en direction du stade. Nicole se dépêcha de rentrer pour essayer son acquisition.

C'était la première fois qu'elle trouvait un avantage à savoir Victor emmuré.

Johanne serait épatée par son initiative.

6
Chez les flics

Toute la journée, Victor était demeuré connecté au résoflic. Travail de routine : collecte des informations, enquête, tournée des mouchards, contacts avec ses indicateurs, descente dans des sites non homologués, écoute d'une conversation entre un fonctionnaire de l'aéroport et son revendeur.

La dernière drogue à la mode était le PPH, du plasma de poulet hallucinogène, un dérivé extrait du sang de jeunes coqs. L'effet était instantané. Une petite goutte vous expédiait en orbite pendant cinq à six heures et vous tuait plus souvent qu'on ne le pensait.

Le gouvernement taisait les chiffres, mais le ministère Médica avait recensé cinquante-quatre décès par surdose dans les six derniers mois. Un milligramme de trop et votre régulateur thermique tombait en panne sèche. La température du corps descendait en chute libre. On grelottait pendant des heures, maintenu en vie par des réchauffeurs extérieurs et des transfusions sanguines tièdes.

Ensuite, personne n'en réchappait.

Victor avait coincé le revendeur à l'ex-aéroport de Dorval, un pilote d'hélicoptère sous surveillance depuis trois mois. Il transportait la drogue dans de petits sachets hermétiques, dissimulés dans le réservoir de secours. Joli coup de filet. C'était toujours ça de pris pour son avancement.

La circulaire interne avait encore signalé le passage d'informations furtives, qu'aucun influx-glu n'avait réussi à agripper. Cela se produisait de plus en plus souvent, sans qu'on puisse localiser l'émetteur. Victor bâilla, il verrait ça demain. Dix-neuf heures, c'était la fin de son horaire régulier. Il quitta le résoflic et se connecta sur le résotévé du ziglou.

Chaque soir, il regardait tranquillement les informations et relaxait avant d'affronter Nicole qui lui raconterait sa journée et les derniers ragots de Johanne.

À l'instant précis où Victor se brancha, Hugo s'engouffra dans l'ordinateur du policier. Grâce à la barrette de mémoire vive fraîchement installée dans l'IBM de Nicole, l'adolescent avait pu placer un pont entre les deux machines en se servant du câblage interne de leur appartement. Le présentateur débitait ses salades habituelles, pendant qu'Hugo s'activait à établir une liaison entre le réso et le résoflic.

En dix-sept secondes, tout fut réglé. Aucun tressautement d'image à signaler. Le contact ainsi bouclé, Hugo avait jusqu'au lendemain matin sept heures pour enquêter en terrain interdit. Et tenter d'éclaircir cette affaire. Il trépignait d'impatience.

Il eut tôt fait de franchir la porte grise devant laquelle il avait poireauté de nombreuses heures. Sachant qu'il pourrait se faire pincer en plein cambriolage de secrets d'État, il imagina quelle pourrait être la réaction de ceux qui le considéraient comme un héros national.

Mais, trêve d'autosatisfaction, il avait du chemin à parcourir dans les circuits. Il parvint à un noyau répartiteur où débouchaient les principales avenues du résoflic. On pouvait prendre l'allée Sûreté du Québec, la rue du Peuple, le boulevard Gouvernemental, la route Internationale.

— Am stram gram, prout et prout et ratata, am stram gram !

L'index d'Hugo pointa le boulevard. Le sort en ayant décidé, il opta pour ce dernier. Avant de s'y plonger, il inversa deux bornes directionnelles. C'était plus fort que lui, il fallait toujours qu'il marque son passage par une connerie.

La suite fut une série de découvertes plus ou moins surprenantes.

Le résoflic regorgeait des dernières technologies les plus avant-gardistes. La caverne d'Ali Baba et les quarante pirates informatiques. Il se rendit vite compte que les flics avaient accès aux w.cams même lorsque celles-ci étaient éteintes. Ils pouvaient surveiller chaque ziglou nuit et jour, à l'insu de leurs habitants.

Des rétrocaméras à infrarouge balayaient sans relâche l'intérieur des maisons et enregistraient le moindre mouvement, le moindre son.

Hugo voulait tout visiter. Il n'était pourtant pas invisible. Trop sûr de lui et excité par ces mille nouveautés, il se retrouva soudain à découvert, face à une patrouille d'influx-glus. Il ne pouvait plus déguerpir. Il ferma les yeux, en prévoyant le choc. Les mouchards lui sautèrent dessus l'un après l'autre, avant de glisser et de s'écraser au sol. Ils tentèrent de lui coller au corps, mais il les renvoya chez eux à coups de pied dans l'anti-matière.

— Déguerpissez, les nains !

Hugo avait en fait discrètement dérobé une bombe anti-adhérente à Georges et en avait enduit son avatar de la tête aux pieds. Ça marchait à merveille.

Mine de rien, il déambulait ainsi depuis cinq heures. Retour à la maison, presto !

Il sortit du résoflic. Devant le site du directeur de la Sûreté, il n'avait pu s'empêcher d'inscrire un graffiti : *À poil les flics.*

7

Révélations

— Où étais-tu ?

Il était huit heures à Saint-Glagla et Paul avait passé une bonne partie de l'aube à languir, les yeux rivés sur le moniteur couleur. Il avait exagéré sur le café colombien et sa nervosité devenait palpable. Il pianotait sur le bureau, se levait, allait et revenait, essayait de se concentrer sur une vieille grille de mots croisés, repartait.

Hugo venait d'apparaître. Pour une fois, il n'avait pas de déguisement.

Paul réitéra sa demande. Hugo braqua ses prunelles dans les siennes, tentant de décoder cette prononciation saccadée. Il aperçut le thermos et la tasse de café.

— J'ai fait une première visite, histoire de repérer les lieux.

— Où ?

— Dans le résoflic. Vous connaissez déjà son existence, j'imagine.

— Tout le monde en a entendu parler, même s'il n'est pas censé être actif.

— Il l'est. Mais c'est difficile de tirer des conclusions pour l'instant. Je dois y retourner. Et réfléchir.

Paul lui coupa la parole.

— Qu'est-ce que tu me caches ?

Hugo sembla hésiter. Il se fit vague.

— C'est trop tôt. Il faut que je vérifie certains points, avant...

— Quoi ?

— Bon... je me suis un peu promené dans les méandres du ministère de l'Enseignement. J'ai débarqué dans un secteur réservé à la progéniture des membres du gouvernement. Ces chères têtes blondes semblent particulièrement choyées.

— Tu penses m'apprendre que ces planqués paient des cours particuliers à leurs ados avec le fric des citoyens ? On sait ça depuis des lustres.

— Il y a autre chose. D'après ce que j'ai décodé, le président ainsi que certains ministres et dignitaires auraient des enfants de moins de quatorze ans. Ils en auraient même plusieurs chacun. Vous n'êtes pas les seuls, à Saint-Glagla. Sauf que vous ne savez pas pourquoi vous procréez, alors qu'eux, ils semblent très bien contourner la grande stérilité.

Les dernières phrases avaient totalement calmé Paul. Waoh ! Les rumeurs concernant un complot étatique étaient donc fondées. Ce serait abject. Pourquoi des Québécois empêcheraient-ils d'autres Québécois de se reproduire ? Cela n'avait aucun sens.

— Qu'en dites-vous ? questionna Hugo.

Paul restait sans voix. Il était scié par la nouvelle. Une information pareille ne se digérait pas si facilement.

— Il nous faut des preuves. Si les Québécois apprennent ça, c'est grève illimitée pour commencer, et Burk pendu haut et court pour continuer. On va...

— Calmez-vous, Paul! Les preuves, je les aurai. Il faut maintenant découvrir comment ils s'y prennent pour empêcher toute reproduction humaine dans le pays. J'y retourne ce soir.

Hugo salua d'un bref signe de la main. Paul hurla.

— Hé! Pas si vite!

— Oui?

— Tu oublies un détail. Tu dois m'expliquer comment tu entres et sors de notre réseau interne. Il en va de notre sécurité à tous.

À moitié effacée, la figure d'Hugo réapparut. Hilare.

— Demandez à tonton Georges de jeter un œil du côté des jeux interactifs qu'il pirate pour son fiston. Ciào!

Cette fois-ci, Hugo disparut bel et bien.

8
Un cercle d'ennemis

Lorsque 19 h 02 s'affichèrent sur l'écran fourni à Victor Bouchard par son administration, Hugo traversait dans le sens interdit.

Il glissa entre les nœuds de divers filets de sécurité, esquivant les pièges, enjambant les trappes, ignorant les leurres. L'instinct du chasseur. Il savait où aller : dans les archives de la république précédant le début de la grande stérilité.

Au détour d'un circuit, Hugo fut attiré par une rumeur qui provenait du canal personnel de communication du président Burk lui-même. La curiosité fut trop forte. Il voulut examiner de près le chef des Québécois et s'installa discrètement sur la liaison vidéo.

Burk tremblait de fureur. Sa voix sifflait, autoritaire. De l'autre côté, un homme en veston brun, avec de fines lunettes ovales, tentait de conserver son calme.

— Monsieur le président, je crois que nous sommes allés trop loin. Nous pouvons encore réagir. Il faudrait...

— Monsieur Pasteur, occupez-vous de vos affaires. On m'a signalé dernièrement une chute significative de la productivité dans le secteur sud de Montréal. Jusqu'à quinze pour cent, semble-t-il.

Hugo reconnut le dénommé Pasteur, ministre du Commerce et du Rendement. C'était un des premiers lieutenants du président. Un de ceux qui avaient jadis combattu pour l'indépendance, officier supérieur de l'ALQ, bardé de médailles. Un autre qui avait remisé ses idéaux, confondant vite pouvoir et privilèges.

— C'est vrai. Nous avons dû faire face à une épidémie localisée de grippe lunaire. Ce quartier étant composé de travailleurs assez âgés, il y a été plus sensible. Médica nous a rapidement fourni le remède adéquat. Tout devrait être régularisé dans le milieu de la semaine. Justement…

— Ça suffit!

Hugo sursauta, tant le ton employé par Burk était violent. Des veinules envahissaient le blanc de ses yeux.

— Écoutez-moi, monsieur le président, insista Pasteur. Je ne remets pas en question votre, euh… notre politique. Je crois cependant qu'il serait prudent d'effectuer une étude prospective. Je ne parle pas du futur éloigné, mais du proche. Nous devrions penser…

— Laissez agir les chercheurs! Ils savent ce qu'ils font. Nous sommes très près du but. Nous devrions y parvenir avant l'an 30.

— Mais 30 est dans six ans ! D'ici là, personne ne remplacera ceux qui s'expatrient ou qui meurent, ceux qui partent à la retraite…

— Nous fermerons les frontières et nous prolongerons l'âge du travail, s'il le faut.

— Monsieur le président, après quatre-vingts ans, les travailleurs coûtent plus cher en soins qu'ils ne rapportent en heures de résoboulot. Nos experts du Cercle l'affirment.

— Monsieur Pasteur, certains mots sont proscrits !

— Mais qui pourrait nous entendre ici ?

— Comment vont vos enfants, monsieur Pasteur ?

La question n'avait strictement rien à voir avec un quelconque paternalisme. C'était une phrase qui aurait déclenché une attaque au plus archaïque des détecteurs de mensonges. La menace était à peine voilée. Le président tenait son monde dans le creux de sa main.

Le ministre ôta ses verres et les essuya en baissant les yeux. Il répondit sans les relever.

— Ils vont très bien, monsieur le président. Je vous remercie.

— Parfait. Ce sont eux, la relève. Votre aîné veut toujours devenir physicien ?

— Chimiste, monsieur. Mais ça n'a pas d'importance.

— Mais si, mais si. Autre chose, monsieur Pasteur ?

— Non, c'est tout.

— Alors, au revoir ! Et n'oubliez pas qui vous êtes, ni ce que vous avez fait.

— Je n'oublie rien, murmura Pasteur d'une voix blanche. Même si je le voulais, je ne le pourrais pas…

Hugo avait retenu un mot de cette conversation : le Cercle. L'adolescent se lança donc à sa recherche toute la nuit. En vain.

Il ratissa la mémoire collective, traquant le moindre indice sur la manipulation anti-grossesse. Il n'y avait pas grand-chose à gratter. Des miettes, tout au plus.

Maintenant, il fallait rentrer, le soleil se lèverait bientôt.

En traversant une ruelle de transmission de données, Hugo dut se plaquer contre le mur pour échapper à une nouvelle attaque d'influx-glus. Ils étaient agaçants, à la fin ! Il retourna chez le président.

L'endroit était plus surveillé qu'une centrale nucléaire au centre-ville. Des ondes de toutes longueurs traversaient les abords, interdisant de s'approcher. L'adolescent faillit encore se faire attraper.

Burk devait avoir accès au Cercle, puisqu'il en était l'épicentre. Hugo plongea dans la corbeille présidentielle et éplucha les noms de ceux qui avaient communiqué avec le grand manitou. Les messages avaient été effacés, mais n'importe quel pirate expérimenté savait ressusciter les traces des appelants et des appelés.

Hugo dressa une liste de vingt-cinq patronymes grâce à sa fouille. Les comparer avec l'annuaire réso et les listes du personnel gouvernemental serait un jeu d'enfant.

Hugo s'éjecta de justesse du résoflic par sa porte habituelle, car Victor appuyait justement sur la touche de démarrage de son ordinateur.

C'est ce qu'on appelle avoir chaud aux octets.

9

Le chef a toujours raison

Nicole s'était accordé une pause, histoire de décompresser. Il faut avouer que sa nouvelle mémoire vive faisait des merveilles. En deux jours, le rapport de Coca-Cola avait été quasiment ficelé et son angoisse avait chuté en flèche. Son amie Johanne n'y comprenait rien. Ce soir, Nicole lui raconterait le coup de la barrette magique. Dommage qu'elle ne puisse pas lui refiler l'adresse de la fausse sourde-muette, puisqu'elle ne savait pas d'où elle venait.

Comme tous les vendredis, Johanne et elle devaient se rencontrer au club de bingo mathématique.

En attendant, Nicole était sortie pour faire fondre la glace. Depuis vingt ans, le verglas avait résolu le problème des pelouses et de la fastidieuse tonte du samedi matin, mais il fallait régulièrement gommer la nouvelle couche gelée si on voulait circuler.

Au début, les petits malins qui avaient négligé cette tâche s'étaient retrouvés coincés chez eux, incapables de sortir. Les fabricants de tondeuses s'étaient alors recyclés et ils avaient inventé les fondeuses. Des machines à ondes qui transformaient la glace en vapeur, renvoyant ainsi le givre d'où il venait : dans le ciel.

Nicole s'appliquait donc à redessiner les contours du ziglou familial, lorsque la porte d'entrée s'ouvrit d'un seul coup, dévoilant un Victor rouge de rage :

— Nicole ! Ici, tout de suite !

Nicole sursauta. En dix ans, son mari était sorti une seule fois de son bureau pendant les heures de travail. Ça avait été lors de son attaque de colique néphrétique en 19. Elle l'avait ramassé sur le plancher du salon, plié en deux par la douleur. Aujourd'hui, visiblement, il se portait très bien.

Nicole éteignit la fondeuse et suivit Victor à l'intérieur, curieuse et légèrement inquiète. Il ne lui laissa pas le temps de souffler.

— Qu'est-ce que tu as fait avec ton ordinateur ? Tu veux ma mort ou quoi ?

Nicole eut un chaud et froid. Comment pouvait-il être au courant pour la barrette ? L'espionnait-il ? Impossible : elle avait installé la mémoire supplémentaire après avoir masqué la caméra du réso avec le gros ficus en résine qu'elle avait hérité de sa mère. Personne n'avait pu la voir. À moins qu'il n'y ait d'autres caméras cachées dans la maison...

— Quoi ? Qu'est-ce que j'ai encore fait ? J'ai pris un peu d'avance sur mon boulot et j'en profite pour fondre. C'est toujours ça que tu n'auras pas à faire en fin de semaine, répondit-elle en jouant à l'épouse modèle.

— Je me moque de ton dégivrage. Je te demande ce que tu as bricolé sur ton ordinateur.

— Pourquoi?

— Parce que je travaille pour la Sûreté du Québec. J'ai des responsabilités, moi. Et mon supérieur vient de menacer de me virer si je ne lui explique pas comment un visiteur a pénétré dans le résoflic en empruntant ma connexion.

— C'est impossible! Tu m'as toujours dit que les deux réseaux étaient totalement indépendants.

Victor sentit qu'une rapide explication technique s'imposait. Il se ressaisit, respira par le nez et reprit:

— Le réso et le résoflic sont totalement étanches, c'est vrai. Mais on peut utiliser le même ordinateur pour pénétrer dans chacun.

— Tu veux dire que tu te balades sur le réso pendant la journée? Je croyais que tu travaillais, moi…

— Pas pendant, après. Parfois, je jette un œil sur les nouvelles du soir quand je suis déconnecté du résoflic, en rangeant mon bureau…

Nicole écarquilla les yeux. Ça alors! Son mari regardait le bulletin d'informations du réso, tout seul dans son coin, alors qu'elle faisait le pied de grue de l'autre côté du mur. L'égoïste! Victor ne lui laissa pas le temps de poursuivre son raisonnement.

— Le problème n'est pas là, la coupa-t-il sèchement.

— Ah non! Où est-il? répondit-elle sur le même ton.

— Le problème est que quelque chose s'est infiltré dans mon ordinateur en passant par le tien. Les gars de la sécurité interne ne savent pas ce que c'est, sauf que plusieurs traces d'intrusion ont été relevées. Pas de quoi identifier personne, malheureusement. Et surtout, la dernière trace a été relevée chez moi, dans ma machine, à l'instant précis où je me branchais pour travailler. J'ai dû le surprendre.

— Waoh! C'est un roman d'espionnage que tu me racontes là.

Victor blêmit. Sa femme ne saisissait donc pas qu'il risquait de se faire mettre à la porte, voire en prison?

— Nicole, c'est de notre avenir qu'il s'agit! Si je ne trouve pas comment ce truc s'est introduit chez nous, je suis cuit.

— Je comprends, Victor. Je… J'ai peut-être une explication. Tu sais, mon ordinateur est un dinosaure. Il se traîne comme à l'époque de nos grands-parents et les boulots qu'on nous envoie sont de plus en plus lourds à charger, alors…

— Alors tu as acheté de la mémoire de contrebande.

— Comment as-tu deviné?

— Peu importe.

Victor avait repris ses couleurs. Il souriait presque. Il entraîna Nicole dans son bureau et la fit asseoir à sa place.

— Parfait! Maintenant, tu vas tranquillement répondre à toutes les questions que te posera le monsieur que je vais appeler. Pas de blagues, hein! Ce gars-là lit dans les esprits. Et, en plus, c'est mon patron.

— C'est... c'est grave ce que j'ai fait?

— Disons que c'est illégal. Mais puisqu'on l'a appris à temps, ça nous offre une chance unique de coincer une bande de petits malins qui nous narguent depuis trop longtemps. C'est plutôt une bonne nouvelle, crois-moi!

Victor appuya sur une touche, lança un message et, quelques secondes plus tard, le visage du chef de la Sûreté du Québec apparut, tout sourire. Monsieur Napoléon en personne. On le sentait fébrile.

— Bonjour, Nicole. Je sais que vous avez fait une grosse bêtise. Vous allez m'expliquer tout ça en détail et on tâchera de réparer les pots cassés.

Il la grondait comme un enfant. Nicole n'en menait pas large. Elle raconta tout précisément: la forme derrière la porte, l'ardoise thermique, la barrette, la fausse sourde. Elle mentit seulement pour le prix, transformant les sept cents pseudos en quatre cents. Napoléon la coupait parfois pour obtenir une précision. Il hochait la tête avec l'air de celui qui entend la même histoire pour la dixième fois. Quand elle eut achevé son récit, Nicole avait les mains moites.

— D'autres individus sont-ils au courant de cette histoire? Des amis, des parents...

— Non, personne. Juste vous, Victor et moi. C'est tout.

Napoléon lui décocha son meilleur sourire et il s'adressa à Victor.

— Votre femme a fait la gaffe qu'on espérait. Elle peut retourner à son travail. Et, surtout, qu'elle ne touche à rien et qu'elle ne parle à personne. Motus! C'est bien clair?

— Tout à fait, monsieur le directeur.

Victor raccompagna Nicole dehors et revint vite face à son moniteur. Le chef de la Sûreté souriait.

— On le tient! Cette fois, c'est nous qui avons l'avantage. On va le laisser entrer et aussitôt le pister. On ne le lâchera pas d'une semelle. Je mets tout le monde là-dessus. Bien entendu, vous demeurez au poste et vous continuez à fonctionner comme d'habitude. Il ne doit se douter de rien.

— C'est compris.

— Vous avez l'opportunité de rattraper les conneries de votre femme, ainsi que les vôtres, par la même occasion. Alors, pas d'impair!

— Non, monsieur le directeur.

Napoléon partit informer son monde. Il n'avait pas digéré le *À poil les flics* bombé sur son pas-de-porte.

Victor avait la mine d'un petit chien servile, mort de peur.

10

La résistance s'organise

— Je vois que Georges a détecté la faille dans son système, mais qu'il m'a laissé un trou de souris pour m'y glisser. Vous le remercierez de ma part, Paul.

Hugo était de retour, face à un Paul et à une Ingrid impénétrables. L'adolescent venait de débarquer au beau milieu d'une partie d'échecs, rompant un silence qui durait depuis quarante-sept minutes.

— *Jourbon*, Ingrid!

Rien de pire que de briser la concentration d'un joueur. Les yeux d'Ingrid lancèrent des poignards en direction du jeune effronté.

— Excusez-moi de vous déranger. De toute façon, vous aviez perdu, ma chère.

— Quoi encore?

Ça, c'était la voix de celui qui gagnait. On ne pouvait jamais être tranquille dans cette baraque. Pour une fois que les enfants s'étaient endormis à une heure décente, voilà la face joviale qui débarquait.

— Paul, il faut que vous placiez d'autres barrettes chez une certaine personne.

— Tu te moques de moi? On a permis ton entrée

dans le résoflic, alors fais ta part. On pourra causer quand tu reviendras avec des preuves.

— Il y a un hic.

Ingrid donna un coup de pied discret à son mari pour le calmer. Hugo était un emmerdeur, mais sa quête était noble. On ne peut pas reprocher aux gens de faire du bien autour d'eux.

— C'est quoi, le hic?

— Un troisième réso appelé le Cercle. Un endroit très fermé, réservé à quelques membres seulement. J'ai repéré un personnage qui semble répondre aux critères pour appartenir à ce mystérieux club. Il faudrait donc répéter l'opération de la dernière fois.

— Et où habite ton quidam, jeune homme?

— Oh, vous le connaissez probablement. Son ziglou est situé à Saint-Félicien, à douze kilomètres d'ici.

Paul et Ingrid s'immobilisèrent. Un des commandements de leur petit commerce stipulait de ne jamais faire affaire avec quelqu'un de trop proche. Une mesure de sécurité élémentaire qu'Hugo aurait dû connaître. Il devança leur refus.

— Je suggère une méthode adaptée. J'interviendrai sur le réso pour le déloger. Lorsqu'il sera sorti, vous pourrez vous installer sans témoin.

— Nous ne sommes pas chauds. Nous sommes des contrebandiers, pas des cambrioleurs. Chacun son métier et…

— Je sais, Paul, le coupa Hugo, mais vous n'êtes pas seuls. Lionel pourrait vous donner un coup de main. Il a de l'expérience en effractions, non ? Est-il occupé en ce moment ?

L'adolescent s'était décidément très bien informé sur les membres de leur communauté. Lionel avait autrefois participé à une série de pillages d'entrepôts en Belgique. Quand la police avait failli l'épingler, il s'était envolé pour le Québec, trouvant refuge chez son vieil ami Georges. Il vivait à Saint-Glagla depuis une dizaine d'années, intégré et futur père de l'enfant de Mika. C'était l'un des membres non déclarés du village.

— Et tu voudrais qu'on fasse ça quand, Sherlock Holmes junior ?

— Hum ! le plus vite possible ! Nicole vient d'annuler une chose sacrée : sa partie de bingo hebdomadaire avec son amie Johanne. J'ai découvert ça par hasard en traversant son IBM. Ça signifie qu'ils m'ont vu circuler dans les parages. J'y retourne quand même cette nuit pour ne pas les inquiéter. Je sens que je vais m'amuser. Vous, si vous pouviez en profiter pour agir dès demain matin…

À l'écran s'affichait déjà le portrait de leur cible, avec ses nom et adresse, plus quelques détails précieux sur son mode de vie. Hugo avait dû bosser comme un fou pour dégoter tout cela.

Ni Paul ni Ingrid n'acquiescèrent.

Qui ne dit mot consent.

11
T'es qui, toi?

Il avait fallu mettre Lionel au parfum. L'ancien pilleur de biens privés ne s'était pas fait prier. Au contraire, la perspective de reprendre du service avait semblé le doper.

Lionel était un grand gaillard aux cheveux bouclés et à l'accent bruxellois. Sa pratique, alliée aux informations d'Hugo, avait permis de mettre au point un plan d'intrusion sûr et simple.

L'adolescent enverrait un signal d'alerte au dénommé Frédé, l'habitant de Saint-Félicien. Celui-ci verrait s'afficher un appel provenant de la police locale lui intimant de venir identifier le corps d'un individu, retrouvé mort dans la nuit avec les coordonnées réso de Frédé inscrites sur sa combinaison.

Lionel aurait ainsi deux bonnes heures devant lui, le temps pour Frédé de faire l'aller-retour en motoglace jusqu'au poste 31. Hugo avait prévu interrompre la surveillance du ziglou de Frédé et remplacer les images de contrôle par un enregistrement piraté la veille. L'opération était classée «fastoche», Lionel dixit.

Tout se déroula comme prévu. Frédé reçut l'invitation pressante des flics et partit peu après sur sa motoglace. Lionel obtint le feu vert d'Hugo, qui gardait le contact avec lui. La porte d'entrée ne résista pas plus de quelques secondes. Une fois à l'intérieur, Lionel repéra illico le gros ordinateur, l'éteignit, puis l'ouvrit. Là, il découvrit un incroyable matériel, avec des options inhabituelles. Après quelques tâtonnements, il parvint à installer la barrette et referma la machine sans laisser de traces.

Fastoche, en effet.

Lionel se dirigeait vers la sortie, quand il entendit un son dans la cuisine. Une toux, pour être précis. Il n'eut pas le temps de se sauver que la porte s'ouvrit. Il se retrouva nez à nez avec un gamin de cinq ans. Hugo n'avait pas prévu cela. D'où sortait ce marmot ?

— Bonjour, je suis un ami de ton papa. Comment t'appelles-tu ?

C'était le moment pour Lionel de tester sa légendaire habileté à réagir dans les situations extrêmes.

Il reposa sa question au petit garçon qui avait la bouche barbouillée par de la mayonnaise sans œufs. L'enfant ne répondit rien, ouvrant grand ses gros yeux bleus. Pas effrayé, plutôt étonné. Le cambrioleur continua ses explications vaseuses.

— Moi, c'est Hubert. Le cousin Hub'. Papa t'a certainement parlé de moi. Le cosmonaute. Celui qui voyage d'une planète à l'autre. Tu te rappelles ?

Le pauvre enfant restait planté face à l'énergumène qui affirmait descendre de Mars. Aucune réaction. Il était sûrement terrorisé.

— Et toi, c'est quoi ton nom ? Boris ? Vladimir ? Anton ?

Pas de réponse. L'intrus avait l'air d'un idiot. Lionel décida de se sauver avant que d'autres gamins ne surgissent des placards ou du plancher.

— Tu diras à ton père que son cousin Hubert est passé par ici et qu'il ne repassera pas par là. OK ?

L'enfant approuva mollement. Impossible de savoir s'il comprenait.

Lionel partit après un dernier bec envoyé en direction du ziglou. Il sauta sur sa motoglace, bien décidé à ne jamais remettre les pieds dans le coin. Que le gamin l'ait surpris n'était pas si grave. Ça risquait par contre de mettre la puce à l'oreille de son père. Et l'enfant n'était pas non plus répertorié par les services officiels, sinon il aurait eu sa photo sur les plastisacs à la place de celle d'Hugo.

C'était quoi, ce souk ? Tout le pays cachait des gamins dans sa cave ou quoi ?

— Je ne saisis pas l'astuce, décréta-t-il en s'éloignant. Après tout, Hugo n'aurait qu'à se débrouiller !

12
Frédé ou Alix ?

— Mais qui est-ce qui m'a foutu une bande d'incapables pareils ? Le pirate était là, vous l'aviez sur vos radars internes. L'occasion ne se représentera pas de sitôt ! Il va se méfier. Il a dû sentir nos brigades antipiratage. Grrrr.

Le gibier tant convoité par la police avait filé. Par où ? Mystère. Ils lui avaient tendu un piège à sa sortie habituelle, truffant le passage dans l'ordinateur de Victor de bombes à retardement. Le petit futé avait visiblement emprunté un autre chemin.

— Je veux savoir par où il s'est échappé. J'avais demandé à tout le monde de se déconnecter du réso, de boucher toutes les issues. C'est le résoflic ici, pas une galerie marchande. Je veux vos rapports dans la demi-heure. Exécution !

Napoléon était vexé à mort. Il appela Victor qui avait veillé toute la nuit devant son ordinateur éteint.

— Victor, votre femme a-t-elle communiqué avec quelqu'un hier ?

— Avec personne, monsieur le directeur. Je peux vous l'assurer.

— Comment pouvez-vous en être sûr ?

— Je ne l'ai pas quittée jusqu'à ce qu'elle aille se coucher. Elle a même annulé sa partie de bingo hebdomadaire.

— Quoi? Répétez ça, espèce de nul.

— Oui, elle devait jouer avec son amie. Elle lui a envoyé un courriel pour la prévenir qu'elle ne pourrait pas venir. Pour que son absence ne paraisse pas anormale et pour éviter que Johanne appelle, car elles jouent ensemble toutes les semaines, elle a dit qu'elle était souffrante. C'est tout, je vous le jure. J'étais là, monsieur le...

— En plus, vous étiez là! Eh bien! ne cherchez pas plus loin. Notre pirate a intercepté le message. Il a tout de suite saisi qu'il y avait anguille sous roche. Vous faites vraiment la paire, tous les deux! Le couple parfait.

Napoléon se déconnecta rageusement. Comment voulez-vous faire du travail potable avec de tels idiots?

Le téléphone sonna.

— Quoi encore? vociféra-t-il.

C'était la police locale qui lui signalait un curieux incident. Un homme s'était présenté au poste 31 afin d'identifier un corps ramassé par une patrouille. Il affirmait avoir reçu un message de la police. Message que personne n'avait jamais envoyé. Un jeune agent de service avait trouvé ça bizarre. Et comme il désirait monter en grade au bureau national de la Sûreté, il avait voulu montrer qu'il en était capable en les avertissant. Au cas où...

Napoléon dressa les oreilles, flairant sa proie. Ça ressemblait à une technique de piratage, il l'aurait juré. Attirer l'ennemi ailleurs pour localiser la faille de son serveur. Il prit les coordonnées de l'homme. Un dénommé Frédé qui résidait dans un bled paumé, Saint-Félicien.

Lorsqu'il tapa les coordonnées du bonhomme sur son fichier, il eut un haut-le-cœur. Devant lui s'affichait le visage d'un personnage qu'il avait côtoyé à l'école de police. Ce gars-là ne s'appelait pas Frédé, mais Alix Proulx. Il n'avait jamais fait carrière chez les flics, disparaissant après les examens de fin d'année. On avait parlé d'une histoire d'amour... Napoléon se souvenait d'un élève brillant, une grosse tête en informatique.

— C'est quoi, ce foutoir ?

Il envoya une demande de renseignements complets au service des disparus. La réponse qu'il reçut était dans la droite ligne des surprises de la journée. La fiche concernant son ancien camarade de classe était classée Secret défense.

Rien à faire des services secrets ! Il allait enquêter, un point c'est tout. Il tenait sûrement là l'un des hommes de main du pirate.

Il envoya sur-le-champ deux de ses meilleurs hommes chez Frédé-Alix.

13

Mise au point

Les habitants de Saint-Glagla attendaient Hugo pour faire le point.

Il y avait là Paul, Ingrid, Georges et Lionel. Soudain, Georges, qui gardait toujours un œil sur son écran de contrôle, s'agita sur son siège.

— Le voilà.

De fait, le visage du vieux clown apparut.

— Ça va, les amis ?

Lionel raconta aussitôt sa rencontre avec le gamin. Hugo semblait plus à l'affût que jamais. C'était inattendu, mais ça signifiait que le dénommé Frédé ne faisait pas partie des dignitaires qui avaient de jeunes enfants. Il semblait cacher le sien.

En effet, dans l'annuaire, son patronyme était accompagné des lettres CCA, pour comptable de classe A. Pourtant, son nom figurait sur nombre de missives échangées avec le président Burk. On pouvait être en présence d'un agent secret, d'une taupe gouvernementale ou d'un conseiller privé.

— Vous n'avez rien remarqué d'autre chez Frédé ? Son bureau était-il fermé comme celui d'un flic à domicile ?

— Non. L'ordinateur trônait au centre du salon, sous le feu des caméras du réso. Ça ressemblait à n'importe quel ziglou de banlieue. Sauf...

— Quoi?

Lionel réfléchit un instant.

— Je me suis demandé si la barrette serait efficace, car la mémoire disponible était énorme. Je ne sais pas quelles statistiques Frédé doit emmagasiner, mais il a de quoi gérer les comptes de tout un continent. Son équipement est aussi rapide que celui du ministère du Revenu.

— On a affaire à un cas exceptionnel. Je dois prendre quelques précautions.

Georges, qui n'avait encore rien dit, trépignait sur place.

— Je ne te suis pas, Hugo. Tu peux te promener partout où bon te semble, et tu parais tout à coup bloqué à l'entrée d'un petit résoflic québécois. Quant au Cercle, pourquoi ne pas y pénétrer tout simplement en te glissant dans une transaction truquée ou dans une missive adressée à Burk lui-même?

Le clown dévisagea Georges avec une pointe d'amusement.

— Je pourrais, en effet, sauf que j'ai pas mal exagéré ces derniers jours, et ma tête, même si elle leur est pour l'instant inconnue, vaut sûrement plus cher que la station orbitale Lux. Cela devient de plus en plus risqué. Grâce à Lionel, j'atterris directement au cœur du Cercle. C'est comme si je voyageais caché dans une valise diplomatique qu'aucun douanier n'a le droit d'ouvrir. Ni vu ni connu.

— Ouais, plus ou moins. Sauf que ton procédé semble archaïque. Si tu te fais coincer, tu ne peux plus repartir.

— C'est un peu plus complexe. J'ai toujours un plan B avec des sorties de secours grandes ouvertes. Cette nuit, par exemple, j'en ai utilisé une. La brigade anti-piratage m'attendait chez Victor et je suis reparti par l'ordinateur de leur chef, Napoléon. Il ne s'en est pas encore rendu compte.

À cette annonce, l'assemblée applaudit. Le chef de la Sûreté n'était pas leur idole, loin de là.

Paul reprit la parole.

— Puisqu'on en est aux confidences, Hugo, qu'est-ce qui t'a amené chez nous ?

— Votre bonne gueule.

— Très drôle.

— Je ne plaisante qu'à moitié. Un jour, j'ai joué à un jeu débile contre un adversaire bizarre. Il avait au moins une cinquantaine d'années, mais il s'obstinait à parler comme un enfant de quatre ans. Je suis remonté à la source : c'était Georges qui testait des jeux pour les pirater. Par curiosité, j'ai décidé de m'introduire dans votre citadelle imprenable. Puis j'ai découvert votre réseau parallèle, vos activités de contrebande, vos enfants, votre mode de vie. Ça m'a inspiré confiance.

— Et maintenant? demanda Ingrid.

— Je vous contacterai quand j'aurai du nouveau. Prenez soin de vous et embrassez les enfants de la part du cousin Hugo.

14
Double détente

Guy et Claude Fontaine faisaient équipe depuis dix ans. Les deux frères formaient un duo classique de flics : le grand brun bête et musclé, le petit blond vicieux et méchant. Dans le milieu, on les avait surnommés Double détente, en raison de la manie qu'ils avaient de tirer avant et de poser les questions après. Ils s'en fichaient comme de leur première bavure. Napoléon utilisait le couple pour ses opérations percutantes, couvrant tous leurs écarts de conduite.

Chaque frère conduisait sa motoglace de service, poignée dans le fond et sirène dans le rouge.

Sans se concerter, ils éteignirent ensemble les hurlements stridents, ralentirent la cadence à l'approche de leur destination : Saint-Félicien, charmant petit village québécois autrefois célèbre pour ses verts pâturages.

Guy et Claude garèrent leurs motoglaces en face de la maison du dénommé Frédé. Ils sortirent leurs armes de service, des pistolets automatiques SW à trente-six coups. Des calibres capables d'immobiliser une charge de rhinocéros, sans recul, sans bruit et sans pitié.

Guy sonna, puis se raidit. Les deux se mirent en position de tir croisé. La synchronisation de Double détente venait de se déclencher.

À l'intérieur, Frédé avait été prévenu de leur arrivée par la caméra domestique située dehors. Il avait aussitôt effacé le message qu'il s'apprêtait à envoyer, s'était déconnecté du serveur en protocole d'urgence et avait saisi son fils sous son bras. Il avait ouvert une trappe dans le plancher et le garçon était sagement descendu sans un bruit. Cette scène, ils l'avaient répétée des dizaines de fois. Chacun savait très bien quoi faire.

Surtout : se taire.

Avant d'ouvrir la porte aux deux visiteurs, Frédé s'était décoiffé. Il affichait une mine ébahie. Les deux monstres bondirent dans le ziglou sans même dire bonjour.

— Eh !

C'est tout ce qu'il put prononcer. Le grand Fontaine le plaqua contre le mur de l'entrée, pendant que son frangin ouvrait une à une les portes des pièces, prêt à refroidir tout ce qui aurait fait mine de remuer un cil.

— Y a personne là-dedans. Viens-t'en !

Frédé se retrouva propulsé au centre du salon. Guy l'ignora, occupé à insérer un disque dans le lecteur de l'ordinateur.

— Mais qu'est-ce que vous faites ? C'est mon outil de travail, ça !

Claude balança un gros coup de son arme sur la main qui s'était tendue. On entendit un os craquer. Frédé hurla de douleur. Les deux autres firent comme si de rien n'était.

Le disque fut recraché. Guy se tourna vers Frédé, l'air méchant.

— C'est quoi, ce machin ?

— Une sécurité. Tout corps étranger est expulsé afin d'éviter les virus.

— Conneries ! Mon disque est inactif, complètement propre. C'est du matériel officiel de la république du Québec.

— Qu'est-ce qu'il y a, dessus ?

— Les questions, c'est moi qui les pose. Clair ?

Frédé hocha la tête. Il n'était pas tombé sur des intellectuels, ça se voyait. Il patienta sagement, sans quitter des yeux le petit rougeaud.

Les descentes commençaient toujours ainsi. On envoyait un programme fureteur dans les ordinateurs pour qu'il repère tout ce qui n'avait pas trait au réso-boulot ou à une activité normale. À partir des informations récoltées, les inspecteurs pouvaient orienter leurs recherches.

— C'est illégal d'avoir ça dans son ordi. D'où ça sort ?

— Je l'ai bricolé moi-même. Pour m'amuser.

Claude lui administra un autre coup, sur la joue cette fois-ci.

— Nous, ça ne nous fait pas rire.

— Débranche cette saleté! enchaîna Guy.

— Je ne peux pas, crachota Frédé.

Il rentra aussitôt la tête dans ses épaules, paré à recevoir un choc supplémentaire. Et il y eut droit. Un crochet du droit dans le foie. Il encaissa tant bien que mal, plié en deux. Claude le releva d'un violent balancé de botte dans le menton. Ça commençait à pisser le sang.

Au sol, Frédé tenta de se défendre.

— Mais je n'ai rien fait de mal, je vous le jure! Dites-moi ce que vous cherchez, je vais vous aider.

Ni le grand ni le petit ne l'écoutaient, occupés à détruire tout ce qui pouvait l'être, histoire de créer un décor digne de leur méthode. C'est important, l'ambiance. Ils brisaient menu, piétinaient et saccageaient en cadence. Rien que le bruit d'une assiette qu'on pulvérise semblait les exciter. Le tableau final était laid.

Frédé se releva et gueula.

— Les gars, arrêtez ça! Sinon, vous le regretterez toute votre maudite vie!

Le duo exécuta une volte-face parfaitement coordonnée, le bras droit levé, pour la célèbre figure baptisée «deux coups dans le nez valent mieux qu'un». Ils cessèrent leurs pirouettes avant la fin.

Sur l'écran, la tête de Marilyn Monroe venait d'apparaître, plus blonde et maquillée que jamais.

— Ben, les garçons, on se dispute?

Les trois hommes figèrent. Le grand Fontaine réagit le premier, hypnotisé par l'apparition.

— C'est qui, celle-là?

— Tu ne me replaces pas? Je suis la plus grande vedette de tous les temps, de passage au Québec. Marilyn Monroe en personne. Et toi, c'est quoi ton nom, mon chou?

— Mais elle se fout de moi ou je rêve?

Le grand saisit un pied de lampe qui traînait par là et s'apprêta à le jeter dans la face décolorée. Frédé lui sauta dessus pour l'en empêcher. Les deux roulèrent au sol, bientôt suivis du petit qui frappait comme un malade dans le tas. Derrière eux, Marilyn tentait de calmer le jeu.

— Les gars, arrêtez de faire les méchants! Je peux tout vous expliquer.

Ça aurait certainement continué ainsi jusqu'à ce que mort s'ensuive s'ils n'avaient pas entendu des sanglots venant du sol. Le fils de Frédé avait craqué en entendant tous ces cris, ces bruits au-dessus de lui. Guy fut le plus prompt. Il sauta sur ses pieds, souleva le tapis, aperçut la trappe et l'ouvrit. Frédé l'implora.

— Ne faites pas de conneries, les gars, c'est mon fils. Il n'a que cinq ans.

Le duo se dévisagea avec un sourire. Un enfant! Guy se pencha à l'intérieur et appela le garçon.

— Viens, mon p'tit. On ne te fera pas de mal…

Claude observait la scène avec admiration. Son frérot était vraiment le roi de la psychologie.

Frédé, lui, ne voyait qu'une chose : l'arme que le gros avait lâchée dans la bagarre et qui traînait à exactement dix centimètres de sa main droite. Il la saisit délicatement sous le regard bienveillant de Marilyn.

Il tira deux coups.

La première balle fit exploser le crâne de Guy. La seconde perfora le cœur de Claude qui s'était retourné. Les deux flics étaient morts et probablement que personne ne les pleurerait. Après le vacarme des dernières minutes, le silence était impressionnant.

— Tu peux sortir, René. Il n'y a plus de danger.

Le gamin apparut, les yeux rouges. Il repéra avec effroi les deux cadavres. Puis il vit Marilyn et sembla rassuré par cette présence féminine. Frédé se tourna vers la tête de l'actrice qui leva les mains en signe de reddition.

— Ne tirez pas, monsieur ! Je me rends !

Frédé baissa l'arme qu'il tenait encore braquée, enlaça son fils et posa cette question au moniteur :

— Qui es-tu, toi ? Tu n'es pas…

Marilyn fit sa timide.

— Je sais bien que ce n'est pas poli d'entrer chez les gens sans frapper, mais je me promenais par là et j'ai entendu du bruit. La lumière était allumée, je me suis permis de jeter un œil à l'intérieur.

Frédé ne comprenait plus rien. Il venait de descendre deux flics chez lui et un clone de Marilyn avait squatté son ordinateur. J'hallucine, songea-t-il. Son marmot lui confirma qu'il n'avait pas besoin de se pincer.

Le jeune René riait aux grimaces que lui faisait la fausse comédienne.

Frédé l'envoya jouer dans sa chambre.

15
Les Zétas

Hugo n'avait pas pu résister à la curiosité. Il avait filé directement chez Frédé, pour voir de quoi il retournait.

L'intrusion dans l'ordinateur s'était faite sans mal. Le système du faux comptable comportait un certain nombre de sécurités capables de dissuader la majorité des visiteurs indésirables, mais pas de quoi rebuter notre jeune pirate qui s'était amusé à contourner les obstacles. Une fois entré, il avait exploré les circuits et les fichiers stockés. Passionnant.

Il avait noté une longue série de missives entre Frédé et le président Burk. D'après ce qu'il avait compris, le premier agissait auprès du second comme un conseiller particulier. Ou plutôt, comme un transmetteur de messages. Les ordres venaient des Zétas. Un fil non officiel et non répertorié.

Petit résumé historique pour ceux qui n'ont pas suivi le cours des événements en Amérique jusqu'en 2024.

Depuis le début du nouveau millénaire, les Zétas n'avaient fait que grossir. Trop. Le dollar prenait toujours plus de place et de poids, les banques américaines ne savaient plus comment dépenser le fric qui débordait de leurs coffres. Le président Wagner avait été élu dans cette opulence et avait vite montré ses intentions : créer la grande Amérique du Nord. Toutes couleurs unies, toutes pour lui.

La bataille ne s'était pas déroulée dans les campagnes, mais à la Bourse. Une guerre glaciale et impitoyable. Le Mexique avait le premier rendu les armes, acculé à la faillite, endetté jusqu'au cou... et racheté pour un dollar symbolique.

Ensuite, Wagner avait lorgné avec insistance vers le nord.

Sous prétexte de rendement, le président avait rapatrié une à une toutes les usines américaines en activité au Canada. Le chômage grimpa en flèche, la colère populaire aussi. Des émeutes éclatèrent et les Zétas offrirent leur généreuse protection en échange d'un accord de partenariat.

Le beau pays du nord devint un protectorat. Les Américains pouvaient maintenant circuler librement entre l'État d'Alaska et la ville de Seattle sans sortir leur passeport. Ils étaient chez eux.

La grande Amérique du Nord existait enfin. Plus forte qu'avant. L'impérialisme ne s'était jamais si bien porté.

Il ne restait que ces emmerdeurs de Québécois. Leur déclaration d'indépendance avait provoqué la panique chez les proches de Wagner. On avait craint que la gangrène ne se propage, que d'autres provinces fissent sécession. Le mal était localisé, sauf qu'il persistait. Cette petite parcelle de glace qui s'acharnait à parler une autre langue que l'anglais horripilait au plus haut point le dictateur. Il travaillait donc fort pour régler ce problème.

Frédé était la preuve vivante de l'implication directe des Zétas au Québec. C'est ce qu'avait compris Hugo en déchiffrant les correspondances.

Les Québécois vivant au bord du Saint-Laurent avaient de l'argent, mais leur dépendance envers les Zétas était totale. Une dépendance énergétique issue du grand verglas permanent. Les anciennes centrales hydroélectriques étant figées à jamais dans la glace, il avait fallu se tourner vers la production nucléaire fournie un peu plus bas au sud. Le pays ne tenait donc qu'à un fil électrique.

Frédé agissait directement entre Burk et les conseillers de Wagner.

Pourtant, Hugo avait flairé autre chose. Frédé ne transmettait pas tout. Il déformait très habilement certaines informations. L'agent double semblait travailler pour un troisième commanditaire.

À quoi jouait-il? À l'apprenti terroriste ou au naïf? Il avait un fils, il aurait dû faire attention. D'ailleurs, d'où sortait ce petit qu'on n'entendait jamais parler?

16

La levée des corps

Marilyn faisait face à Frédé. Quand on ne sait pas à qui l'on a vraiment affaire, on évite de se dévoiler. L'intruse aux cheveux blonds conserva sa drôle d'allure et continua sur le même ton taquin.

— On s'est déjà rencontrés? Dans une vie antérieure? À l'émission des gens riches et célèbres?

— Ça m'étonnerait, répondit Frédé d'une voix blanche.

— Vous n'avez pas idée de qui je suis?

— Enlevez votre masque et je vous le dirai.

Frédé souffla, puis désigna les cadavres.

— On jouera aux devinettes un peu plus tard. Il faut d'abord que je trouve une solution pour ces deux zozos.

— J'ai!

— Quoi, j'ai? J'ai quoi?

— J'ai une solution.

Hugo ne pouvait pas laisser le père commettre la moindre erreur. Il avait besoin de lui pour démêler l'imbroglio du Cercle. Il lui proposa d'attendre la nuit pour enfouir les corps et leurs motos dans une crevasse quelconque. Napoléon recevrait un faux message l'avertissant que les frères Fontaine avaient fait fausse route concernant Frédé et qu'ils rentraient aussitôt. Frédé ne serait pas suspecté et le grand froid sortirait une fois de plus coupable de leur disparition. Frédé paraissait sceptique.

— Ah oui? Et comment je vais les emmener, les flics avec leurs bolides? Sur mon dos? Ou c'est vous qui viendrez m'aider?

— Je vais appeler du renfort. Vous, vous retirez leurs uniformes pour...

— Minute, ma belle! C'est qui, vos «renforts», comme vous dites?

— Vous êtes mal placé pour faire le difficile.

Frédé se savait coincé. Soit il se faisait coffrer pour le meurtre de deux policiers dans l'exercice de leurs fonctions et il écoperait d'une lourde peine sans savoir ce que deviendrait son fils. Soit il tentait le coup avec la cinglée, la fausse Marilyn. Si c'était un piège, il retournait à la case départ. Sinon, il avait une chance de s'en sortir.

— OK, essayons votre système.

Hugo disparut un instant pour avertir ceux de Saint-Glagla et tenter de les convaincre. Ce ne fut pas aisé. Revenir ainsi chez un client qu'on avait piégé déplaisait à Paul. En plus, planquer les corps de deux gus de la Sûreté équivalait à un suicide collectif.

À la nuit tombée, et après un long détour pour brouiller les pistes, Paul et Lionel se pointèrent chez

Frédé. Phares éteints, moteurs au ralenti, ils dissimulèrent leurs motoglaces à l'entrée du village.

Le ziglou avait été impeccablement rangé, les deux corps ficelés dans des sacs de plastique.

Paul entra le premier, suivi de Lionel. Il adressa un signe à Frédé, qui le lui rendit. Lionel se tordait le cou dans tous les sens à la recherche du gamin.

— Il n'est pas là, le petit ? Il fait dodo ?

Frédé se raidit, sur ses gardes. Il avait conservé l'une des deux armes à portée de main. Il s'en saisit et la colla sous le nez du Belge.

— Qu'est-ce que tu cherches, fouineur ? Hein ? Il n'y a pas de petit ici. D'accord ?

Lionel resta calme pendant que Paul tentait de parlementer.

— Eh ! du calme ! On est là pour vous aider, pas pour se faire trouer. Posez ça tout de suite ou on fiche le camp.

— Ah ouais ? C'est votre copine Marilyn qui vous a appris que j'avais un fils ?

Les nouveaux visiteurs demeurèrent surpris. Marilyn ? C'était qui cette fille ? Lionel fit la gaffe qu'il fallait faire.

— On ne connaît pas de Marilyn, nous. C'est Hugo qui nous a avertis que vous...

En entendant cela, Frédé abaissa son flingue et détailla les deux autres.

— Vous parlez d'Hugo, celui des céréales ?

— Ben ouais, répondit Lionel en se marrant.

— Et c'est lui qui vous a parlé de mon fils ?

— Ah non, rien à voir. Votre fils, je l'ai vu pas plus tard qu'hier. Pas bavard, le fiston.

Frédé n'y comprenait plus rien. Lionel dut lui faire un rapide rappel des épisodes précédents, ce qui acheva de l'assommer.

Mais ce n'était pas le moment de raconter sa vie. Paul enfila la combinaison de Guy et Lionel celle de Claude, qui était un peu trop petite.

Ils sortirent dans le froid et installèrent les cadavres sur la motoglace de Frédé. Ensuite, les faux flics traversèrent lentement le village, toutes sirènes hurlantes sur les deux bécanes de la police.

Frédé emporta les corps de son côté.

Ils se rejoignirent un peu plus loin et n'eurent aucun mal à repérer une large crevasse à l'écart de la piste. Les motoglaces et les flics s'écrasèrent six mètres plus bas. Le verglas qui tombait sans discontinuer depuis le matin recouvrirait vite tout ça d'une couche isolante. Le duo Double détente était uni pour l'éternité.

Ils rentrèrent à trois sur la motoglace de Frédé. Peu avant le ziglou, Paul et Lionel descendirent pour finir le trajet à pied. Il était tard, il faisait noir. Pas de témoin en vue : personne n'en saurait jamais rien.

À l'intérieur, ils trinquèrent en silence.

Soudain, une voix les fit sursauter.

— *Jourbon*, les gars, ça boume?

C'était Hugo, de retour sur le moniteur. Il avait repris sa gueule de clown, agrémentée d'une volumineuse perruque blonde.

17
Un génocide lent

Mis en confiance par la présence musclée des deux représentants de Saint-Glagla, Hugo se lança dans le vif du sujet.

— C'est qui, le troisième bailleur de fonds, Frédé ? À qui revendez-vous les informations que vous transmettent Burk et Wagner ?

L'autre ne l'écoutait qu'à peine. Il observait cet adolescent dont il avait si souvent entendu parler.

— Frédé, je vous ai posé une question.

— Oui, laquelle ?

Le rigolo décoloré réitéra sa demande, qui fit carrément éclater de rire Frédé.

— Il n'y a pas de troisième bailleur de fonds, comme vous dites.

— Ah non ? Pourquoi tous ces trucages dans ce cas ?

— Le troisième larron, c'est moi. Je fais ça pour lui.

Il montra du doigt le petit René qui s'était réveillé et qui les surveillait depuis sa chambre. Le gamin s'approcha et, après avoir salué d'un signe tonton Hub', grimpa sur les genoux de Frédé.

— C'est une longue aventure qui a débuté le jour où je suis accidentellement tombé sur une copie d'un rapport classé Secret défense pendant mes études à l'école de police. Il y était question de régularisation imposée des naissances et autres horreurs. Ce fut le déclic pour la suite. J'ai voulu attaquer la bête de l'intérieur pour la détruire. Et je m'y suis lentement appliqué. Jusqu'à devenir la courroie de transmission entre Burk et les Zétas. Malheureusement, et à cause de vous, Napoléon a dû me reconnaître. On est allés à l'école ensemble, mais ça ne l'a pas empêché de m'envoyer ses tueurs en série.

Frédé venait de déballer l'essentiel de sa vie. Les trois autres l'assaillirent de questions.

— C'est quoi, le complot ?

— Pourquoi il ne parle pas, le gamin ?

— Qui compose le Cercle ?

— Il n'a pas de mère, cet enfant ?

— Pourquoi n'y a-t-il plus de bébés ?

— Comment avez-vous fait pour avoir un fils ?

René tournait la tête dans tous les sens, énervé par ces grandes personnes si bavardes. Son père leva la main.

— On se calme ! Un à la fois. Les gens du Cercle sont six au total, en comptant Burk. Leur organisation est extrêmement fermée. J'y agis en tant que conseiller spécial.

— Vous m'aiderez à y pénétrer ?

— Oui. Au point où j'en suis…

— Est-ce le Cercle qui a mis au point la grande stérilité ?

— Non, ça, c'est l'œuvre du président des Zétas, Wagner. À la base, c'était conçu pour mettre le peuple à l'ouvrage. Pas d'enfants à élever, davantage de temps disponible, une productivité accrue. De quoi installer le résoboulot, développer la clientèle internationale et enrichir les membres du gouvernement. Ça devait être provisoire, et puis ça s'est éternisé. Jusqu'à devenir irréversible. Voilà pour la version québécoise de l'affaire. Côté américain, les ambitions sont nettement plus terribles.

— De quel genre ?

— Wagner a conçu le principe du *Slow genocide* : le génocide lent. Puisqu'il ne peut pas envahir ce bout de pays, il le vide peu à peu de ses habitants. Sans enfants, la population s'éteint d'elle-même. Quand il veut que ça aille plus vite, il accélère les livraisons de plasma de poulet hallucinogène.

— Mais c'est ignoble ! s'exclama Paul.

— Qui est le plus ignoble ? Wagner, qui veut supprimer un pays, ou Burk, qui est prêt à sacrifier son peuple pour une poignée de dollars ?

— Pourquoi personne ne réagit ? Parmi les hauts dignitaires, il doit bien y en avoir qui trouvent que ça va trop loin, non ?

— Tous les membres du Cercle ont des enfants. Le chantage, c'est de l'annoncer à la population. Vous imaginez si les Québécois apprennent que leurs chefs ont des gamins, alors qu'on leur répète depuis quinze ans que la stérilité est irréversible? Ce serait l'émeute générale en un rien de temps. Et Wagner prendrait le pouvoir à leur place. Les deux ou trois qui ont haussé la voix ont fini largués du haut d'un hélicoptère, quelque part dans le Grand Nord. La peur règne.

— Charmant tableau. Qu'est-ce qu'on peut faire?

— Découvrir comment fonctionne la grande infertilité populaire et bloquer le processus avant qu'on ne soit plus qu'une centaine. Si on a des preuves, on les sort. Malheureusement, j'ai cherché partout où j'ai pu et je ne sais plus où fouiller. Hugo a raison de s'intéresser au Cercle.

Frédé était clair. Lionel ne comprenait plus rien.

— Ça signifie que vous ne savez pas comment agit leur truc anti-fécondation?

— Ça fait dix ans que j'essaie de le savoir.

— Alors, comment avez-vous fait pour avoir René?

— Aussi étrange que cela puisse paraître, je l'ignore. Sa mère était une Américaine que j'ai rencontrée à Washington. On s'adorait. Elle est morte lors de l'accouchement, ici même. Ça m'a rendu fou et j'en ai voulu à mon fils. Le pauvre, je ne lui ai pas parlé pendant cinq ans. Aujourd'hui, je tente de rattraper mes idioties, mais il demeure obstinément muet. On s'exprime autrement.

18

Double disparition

Napoléon avait bien reçu le message de ses deux sbires lui annonçant qu'ils revenaient bredouilles. Depuis, rien. Ils auraient dû être arrivés il y a long-temps. Il détestait attendre.

Il connaissait le penchant de Double détente pour la boisson. Plus d'une fois, il avait abusé de son pouvoir pour les sortir d'une prison municipale après une de leurs bagarres ou un accident en état d'ébriété. Mais jamais ses hommes n'auraient osé arroser une mission avant de lui remettre leur rapport. Et quand l'un ne pouvait pas, l'autre se présentait toujours à sa place pour dresser un bilan.

— Qu'est-ce qu'ils foutent?

Napoléon n'aimait pas ça. Ça sentait mauvais. Son flair ne le trompait jamais. Il appela le policier du poste 31 qui l'avait prévenu.

— Je vais me renseigner. Si vos hommes sont venus à Saint-Félicien, quelqu'un les aura forcément aperçus.

Napoléon n'eut pas le temps de finir son décaféiné. Le zélé policier le rappela aussitôt.

— Ils ont été vus autour de vingt-trois heures par plusieurs habitants. Ils quittaient le village tranquille-ment avec leurs sirènes hurlantes.

— Ils se dirigeaient dans quelle direction ?

— Vers l'est.

— C'est bon. Merci pour votre aide. Je m'en souviendrai.

Pourquoi les frères Fontaine seraient-ils repartis vers l'est ? Et avec leurs sirènes, par-dessus le marché. Ses agents avaient l'accélérateur facile, pas du genre à avancer comme des tortues même dans un centre-ville.

— Il y a autre chose, grommela-t-il tout seul.

Mais impossible de réveiller le faux Frédé ou le vrai Alix Proulx. Il reconnaîtrait sûrement Napoléon. Alors quoi ? Envoyer d'autres hommes ? La météo ne prévoyait rien de bon.

Il décida de faire appeler son assistant. Il pourrait toujours surveiller l'entretien sur son moniteur.

Peu après, le visage de Frédé surgit, endormi et tuméfié.

— Oui, j'ai bien reçu la visite de deux inspecteurs un peu… musclés. Ils m'ont interrogé, ils ont fouillé mon ordinateur, mon ziglou. Partout. Je ne sais pas pourquoi, ils n'ont pas voulu m'expliquer ce qu'ils cherchaient. Je ne suis qu'un comptable de classe A. Je n'ai jamais rien fait de mal…

— À quelle heure sont-ils repartis ?

— Vers vingt-trois heures.

— Que vous ont-ils dit ?

— Rien, justement. Ils sont sortis aussi vite qu'ils sont entrés, comme des…

— Merci. C'est tout ce qu'on voulait savoir.

L'assistant raccrocha.

— Crétin ! Tu mens comme tu respires, fulminait Napoléon.

On ne perd pas ainsi deux hommes. S'ils avaient eu un problème, ils auraient déclenché leur balise Argos. Et si Frédé avait prévenu ses amis des Services secrets pour qu'ils descendent Double détente ? Pas impossible. En tout cas, vérifiable.

Napoléon se débrancha du résoflic pour entrer en communication privée avec un ancien voyou qu'il avait autrefois mis sous les verrous. Le gars s'était repenti, pour finir dans le camp de l'État. Il aidait divers bureaux en tant qu'agent de renseignements. Les deux hommes entretenaient un rapport intéressé, s'échangeant des informations.

— Salut, Brice.

— Salut, Napo. Qu'est-ce qui t'amène ?

— Un doute. J'aimerais que tu me l'enlèves.

— Faut voir…

Sans mentionner Frédé, ni son classement Secret défense dans les fichiers, il demanda si Brice était au courant d'un ordre circulant concernant l'élimination de Guy et Claude Fontaine.

— Double détente? Je l'aurais remarqué! Ces enfoirés m'ont tellement charcuté quand ils m'ont épinglé que j'en ai encore des cicatrices. Leur disparition ne serait pas une grande perte, en ce qui me concerne.

— Je me moque de ton appréciation personnelle. Ils ont été butés, oui ou merde?

— Pas que je sache.

Et comme Brice en savait plus long que n'importe qui, ça signifiait que les deux brutes n'avaient pas été les cibles des tireurs d'élite de son service. Napoléon le remercia et raccrocha.

Retour à la case départ. Où était le duo de choc?

19

Langue vivante, langue morte

Grâce au passe-partout de Frédé, Hugo avait pu farfouiller la nuit entière dans le Cercle. À l'aube, il sortit cinq minutes de sa chambre, histoire de se dégourdir les jambes et saluer ses parents.

— Hugo, tu as une sale mine. Tu es encore resté planté tard devant ton ordi? lui demanda sa mère.

— Ouais, m'man, je suis mort de fatigue. Je crois que je vais me coucher. Ne me dérangez pas.

Hugo attrapa un bol qu'il emplit de lait et de céréales. Il fit une grimace à sa photo sur l'emballage et retourna dans sa chambre pour passer au crible tous les fichiers qu'il avait copiés dans le Cercle.

Il découvrit ainsi que les membres du Cercle avaient d'abord bricolé leur club pour jouer aux puissants. Puis, quand l'offre de Wagner s'était présentée, ils avaient verrouillé les portes et s'étaient concertés.

La proposition visait officiellement à éliminer les naissances pour permettre une mise en place régulière et sûre du résoboulot. Les femmes étant mieux organisées et plus rapides pour faire les comptes, les congés de maternité nuisaient au rendement. Wagner leur avait promis son aide, ses contacts et même leurs premiers contrats, mais il exigeait une certaine performance au travail. Le Cercle avait accepté et, voulant toujours plus d'argent, il avait sans cesse reporté l'arrêt du programme de grande stérilité.

— Ce mec n'a aucun scrupule, articula Hugo entre deux bâillements.

En revenant à ses découvertes, Hugo avait remarqué que deux organismes américains étaient plusieurs fois cités : le LRC et le BD.

Il découvrit que le LRC désignait le Language Research Center de l'université du Texas. Le BD était le Bacteriological Department de la firme Biofine.

A priori, aucun rapport entre les deux organismes. Pourtant, chacun se référait à l'autre comme à un partenaire de recherche.

Hugo décida qu'il devait fureter du côté des scientifiques américains. Première étape : le BD.

Avec ses talents de pirate, il fut virtuellement sur place en dix secondes et il se dirigea au laboratoire du BD, au cœur des archives.

Les travaux remontant à l'époque qui intéressait Hugo étaient quasiment tous axés sur la reproduction humaine et la génétique.

Une équipe de chercheurs travaillait sur une méthode contraceptive révolutionnaire. Tels des dompteurs de spermatozoïdes, ils tentaient de mettre au point un moyen de ralentir les gamètes mâles.

De les rendre si lentes qu'elles n'atteindraient jamais un ovule.

Les scientifiques avaient testé toutes sortes de polluants chimiques du système reproducteur jusqu'à sélectionner les plus efficaces. On pouvait donc avoir des relations sexuelles en étant sûr de ne pas devenir père ou mère. Les spermatozoïdes devenaient lambins, tournant lentement en rond jusqu'à leur mort.

Lentement, comme dans génocide lent.

Ça semblait coller, sauf que la bactérie qui agissait ainsi était répertoriée dans le grand livre scientifique international. Les nombreuses études menées lors de la grande stérilité auraient immédiatement détecté sa présence. Alors ?

Les petits malins de Biofine avaient inventé en cachette une petite sœur à la bactérie ralentisseuse, qu'ils avaient baptisée du nom de code *Slow*. La *Slow* agissait sur commande.

Hugo n'avait pas découvert ça en cinq minutes. Il avait dû y consacrer trois longues heures. Lorsqu'il eut la conviction qu'il avait vérifié l'essentiel des données disponibles, il se dirigea vers le Texas. C'est là que le LRC entrait en action.

Les étudiants de l'université avaient été chargés de répertorier toutes les prononciations des principales langues terrestres, dont, bien sûr, le français. Dans ce dernier cas, l'étude s'était prolongée en secret. Les mots les plus courants étaient retenus, analysés, puis utilisés comme déclencheurs d'actions diverses. Chaque onde sonore provoquait ce qu'on avait bien envie qu'elle provoque. D'où le lien avec le BD et la *Slow*. À un détail près : l'étude ne s'arrêtait pas à la langue. Les chercheurs s'étaient appliqués à peaufiner chaque paramètre en jouant avec l'accent québécois.

— Pourquoi tant de haine ? marmonna Hugo en cognant des clous.

En résumé, Hugo venait de découvrir que le simple fait de parler entre Québécois activait une bactérie, appelée la *Slow*, qui transformait les spermatozoïdes en gros fainéants. Les ovules ne servaient plus à rien.

Instiller le mal à une population captive avait dû être simple comme bonjour, puisque le monopole de distribution de la nourriture était détenu par le magasin d'État Profito. Il avait été facile de glisser la *Slow* dans les céréales ou dans la bière.

On pourrait appeler cela l'arme linguistique.

Ça expliquait aussi pourquoi la communauté de Saint-Glagla, qui parlait l'argoh, n'avait pas été touchée par le fléau. De même pour Frédé, qui devait converser en anglais avec sa femme.

Dans un pays qui s'était battu pour préserver sa culture, son identité et, par-dessus tout, sa langue, la technique avait été machiavélique.

Comble du comble, les instigateurs de la révolution et de l'indépendance, et particulièrement ceux du Cercle, devaient parler une autre langue pour se reproduire. Les imaginer communiquer en anglais représentait un monument de cynisme.

Hugo grava l'information sur un disque qu'il éjecta du lecteur, puis s'écroula de fatigue sur son clavier.

Il en savait assez pour faire sauter la baraque.

20

Un toutou qui dit tout

Quelque chose, un je-ne-sais-quoi, continuait à chicoter Napoléon. Toute la nuit, il avait arpenté sans relâche son grand appartement vide, pour finalement rejoindre son bureau au quartier général.

Il se sentait manipulé. Une honte pour le chef de la Sûreté du Québec.

— Ce n'est pas un apprenti espion qui va me mener par le bout du nez, maugréa le flic.

Il ralluma son ordinateur et chargea l'entrevue entre son assistant et Frédé. Il fallait qu'il la visionne afin d'en avoir le cœur net. Il le fit une, deux, puis trois fois. Soudain, il s'immobilisa.

— C'est quoi, ça ?

Il pointait un objet que l'on apercevait derrière Frédé pendant la discussion. Zoom avant, gros plan sur le mystère. Encore plus près. Plus ça grossissait, et plus ça devenait difficile à décoder, à cause de la mosaïque des pixels. Pourtant, on devinait une forme précise. Napoléon brancha son programme d'analyse visuelle. Un petit outil bien pratique pour reconstituer les contours des objets que le peuple tentait souvent de dissimuler à sa police nationale.

Poli aux angles par le logiciel, le mystère n'en fut bientôt plus un. La vérité lui apparut enfin : un toutou en peluche qui traînait par terre.

— J'aime ça, mon cher Frédé, siffla-t-il entre ses dents.

La netteté progressa encore d'un degré et deux doigts d'enfant apparurent très distinctement.

— J'adore les enfants, continua-t-il sur un mode cynique.

Un enfant si jeune, c'était une personne illégale et non déclarée sur le territoire. Donc, délit majeur. Ça lui apportait sur un plateau une bonne raison de porter l'estocade.

Il savait que ce gars-là n'était pas blanc comme givre. Et surtout qu'il trouverait son point faible. Un gamin, c'est le pire des handicaps pour un agent secret. Le plus coriace, le plus intègre des espions finira toujours par craquer si on menace son rejeton. C'est humain. Frédé avait bien caché le sien, mais pas suffisamment pour Napoléon. Il pressa le bouton de l'interphone.

— On attaque !

Le hurlement s'adressait à son assistant, qui surgit dix secondes plus tard dans le bureau de Napoléon, les yeux pétillants à l'annonce d'un peu d'action.

— À vos ordres, chef ! On attaque qui, quand, comment ?

— Cible : Alix Proulx, officiellement appelé Frédé. Dangereux, armé et entraîné.

— Un terroriste ? demanda l'assistant.

— En quelque sorte. Il n'est sûrement pas seul chez lui. Je le veux vivant, même s'il est abîmé. On déclenche l'action demain aux premières lueurs du jour avec tous les gars disponibles, ceux qui sont en congé aussi. L'homme que nous voulons interpeller est très certainement un tueur de flics. Chaque agent doit en être informé. Rendez-vous à cinq heures dans mon bureau, je veux me pointer là-bas avant neuf heures ! éructa Napoléon qui postillonnait comme une vieille fontaine.

À aucun moment, il ne fit mention de la présence probable d'un enfant dans le ziglou.

Couvert de petits crachats, l'assistant s'apprêtait à repartir telle une flèche pour annoncer la bonne nouvelle à l'ensemble du service. Ça allait saigner. La république était menacée, l'ennemi avait pénétré sur le territoire. Taïaut !

— Stop ! lui intima son supérieur. Où cours-tu ?

— Avertir les autres, prévenir le garage, ouvrir l'armurerie, réveiller…

— Et comment ? s'enquit Napoléon.

— Par les moyens habituels, chef. Les plus rapides et les plus efficaces.

— Eh bien, non ! Défense d'utiliser le résoflic et le téléphone. Toutes les instructions doivent être transmises de vive voix. Je n'ai pas envie de me faire doubler par ce pirate qui rôde. Une fois suffit. Quand on aura Frédé, on le fera parler et on démantèlera toute la filière. Compris ?

— Compris, chef.

L'assistant reprit sa course un instant retardée.

Napoléon scruta une dernière fois le visage de Frédé, puis traça une croix imaginaire dessus avant d'éteindre le moniteur.

— Je n'aime pas les menteurs, lâcha-t-il en guise de conclusion.

21
La preuve par l'exemple

S'arrachant à un affreux cauchemar peuplé de langues emprisonnées derrière des barreaux en forme de cercle, Hugo se redressa en sursaut. Il n'avait pas assez dormi pour récupérer, mais lorsqu'on a découvert le pot aux roses, c'est difficile de garder la nouvelle pour soi. Il lui fallait raconter ça à ses nouveaux amis. Ça urgeait!

Il fit donc irruption comme à l'accoutumée, sans prévenir ni frapper avant d'entrer. Monsieur Sans-Gêne dérangea Paul et Ingrid qui somnolaient, tranquillement enlacés.

— Faites comme si je n'étais pas là, balança l'impudent. J'ai une nouvelle exclusive pour vous. Je préviens les autres et je reviens dans un quart d'heure.

— Mais…

— Je passe saluer vos voisins et inviter notre nouvel ami, Frédé. Ça le fera sortir.

— Hugo, disparais d'ici immédiatement! hurla Paul.

— Oui, oui.

Hugo s'engouffra dans le réseau interne pour ressurgir chez Lionel, puis chez Georges. On aurait dit un garde champêtre ameutant la population locale.

Après avoir semé son excitation, il repartit pour Saint-Félicien. Tout semblait calme. Il surgit sans déranger personne, se présentant, pour une fois, sous sa vraie tête. Frédé jouait avec le petit René qui construisait une tour avec des vieilles pochettes de vinyles. Il en était au cinquième étage, lorsque l'irruption de l'agité le fit sursauter. L'architecture trembla sur sa base, puis s'écroula au ralenti. Frédé se leva pour comprendre ce qui se passait. La face hirsute d'Hugo sur le moniteur expliquait tout.

— Frédé, mets tes habits du dimanche. Tu es invité chez tes voisins.

— Qu'est-ce qu'il y a, encore ?

— Aujourd'hui, Hugo fait toute la lumière sur la grande stérilité. Révélation en direct de Saint-Glagla dans trente minutes. Venez en famille !

L'adolescent était survolté. Et son énervement semblait contagieux, car René tapait des mains comme à la parade. Frédé paraissait plus pondéré.

— Je ne peux pas laisser René trop longtemps seul.

— Emmène-le avec toi. Sors-le ! Profites-en, pour une fois qu'il pourra jouer avec des gamins de son âge. À cette heure-ci, personne ne vous verra sortir. Tout le monde se repose.

— OK… On arrive.

René et Hugo applaudirent en chœur.

Un peu plus tard, la motoglace s'éloignait discrètement, emportant le père et son fils. Concentré sur sa trajectoire, crispé par la présence inhabituelle de René assis sur la selle devant lui, Frédé ne pilotait pas trop vite.

Il ne remarqua pas, au loin, les motoglaces qui arrêtèrent leur avancée à sa vue. Il ne les vit pas non plus se scinder en deux groupes ; l'un qui continua vers Saint-Félicien, et l'autre qui le fila discrètement jusqu'à Saint-Glagla.

Napoléon suivait les moindres gestes de Frédé avec ses jumelles à infrarouge.

Hugo ayant omis de lui indiquer lequel des quatre ziglous était le point de ralliement, Frédé sonna à la première porte. Une ravissante jeune femme au teint des Îles lui ouvrit.

— *Jourbon*. Tu es Frédé ? Moi, c'est Vanille.

— Euh… *Jourbon*, Vanille. Je cherche Paul et Lionel, et…

— Ils sont juste à côté.

Vanille désigna le ziglou voisin. Frédé la contemplait sans bouger. La jeune Créole était vraiment très jolie.

— Je vous rejoins. Je dois apporter mon matériel de biochimie et quelques programmes de simulation. Il paraît que je pourrais en avoir besoin, expliqua-t-elle en refermant.

Chez Paul et Ingrid, l'arrivée de René fut saluée par des cris de joie. Les enfants de la petite communauté l'enlevèrent aussitôt pour aller jouer. Hugo attendit que les adultes soient seuls pour apparaître. On sentait qu'il allait se passer quelque chose.

Ils étaient tous là, curieux, impatients. On décida d'oublier l'argoh pour que Frédé puisse comprendre les propos échangés. Georges envoya un signal et la tête de l'adolescent surgit, véritable *deus ex machina*. Hugo fit un rapide tour de l'assistance. Tous les yeux étaient braqués sur lui.

— J'ai déniché ce qui semble bloquer la reproduction des Québécois. Voilà…

Il parla du LRC et du BD, du Cercle, de Burk, des exigences de Wagner, du chantage exercé contre ceux qui avaient eu des enfants, de sa théorie concernant l'effet du parler québécois sur les spermatozoïdes. Enfin, il cita les paroles de Frédé à propos du génocide lent. L'auditoire frémit.

— Qu'est-ce qu'on peut faire? On est prisonniers du froid, du réso… Et, en plus, on a nos enfants, avança Lionel.

— Il faut alerter l'ensemble de la population, proposa Ingrid.

— On n'a aucune preuve, remarqua Lionel. Le lien entre les différentes recherches du LRC et du BD est totalement hypothétique. Si on balance ça sur le réso, on va recevoir une visite de la Sûreté dans les cinq minutes.

Vanille écoutait les débats, à la fois troublée et enthousiaste. Soudain, elle se leva et se rendit dans une pièce attenante. Les autres ne remarquèrent pas sa sortie.

— Et toi, Hugo, tu nous conseilles quoi ?

— Si on rate notre coup, on est tous morts et la bande à Burk continuera son délire antireproduction. Alors, si on décide d'agir, il faut frapper très fort.

— Facile à dire.

— Nous avons l'avantage, puisque nous savons et ils ne savent pas que nous savons. Et puis, je peux expédier un envoi groupé à grande échelle, genre alerte générale.

— Ça ne nous explique pas comment balancer l'info pour qu'elle soit crédible. Pour être sûrs que les gens réagissent. Pour que les flics soient de notre côté, le coupa Ingrid.

— Moi, j'ai une solution.

On se retourna. Vanille était de retour, un coffret à la main.

— La meilleure façon de convaincre, c'est toujours la démonstration. Je vais montrer aux incrédules ce qu'il faut voir pour le croire.

— Et comment vas-tu procéder ?

— Si ce que prétend Hugo est vrai, c'est facile à vérifier. Branchez le projo et la microcaméra, s'il vous plaît.

Le groupe se répartit autour de la jeune biologiste, chacun l'aidant de son mieux.

— Et ça, c'est quoi ? s'enquit Georges.

— Une reproduction synthétisée de spermatozoïdes, créée à partir des études sur le génome humain, lui répondit Vanille.

— Et d'où ça sort?

— Cela fait plusieurs années que je mène mes propres expériences sur la stérilité. Depuis le début, j'ai le pressentiment que le problème est masculin. Mais je n'aurais jamais trouvé seule, expliqua Vanille. C'est incroyable.

Lorsque le liquide synthétique se stabilisa, Vanille déclencha la caméra et se tourna vers Paul.

— Parle en français.

— Qu'est-ce que tu veux que je raconte?

— N'importe quoi.

Paul commença à monologuer avec son accent québécois. Il relata sa journée, puis imagina les années futures. L'image des spermatozoïdes était agrandie sur le moniteur. Ce qui s'y produisait était incroyable. Au moindre mot courant, tout ralentissait. Les gamètes semblaient soudain atteints du syndrome de la fatigue chronique, ne remuant leur queue qu'un coup sur quatre, pour finalement cesser leurs mouvements. Ça tournait à la paralysie générale.

— Stop! Maintenant, Paul, parle-leur en argoh, commanda Vanille, fascinée par ce qu'elle observait à l'écran.

— *Jourbon*, les *kleine*[1] *esperma*[2]. *Va bene*[3] ?

Il enchaîna avec des poèmes qu'il récitait lentement, articulant chaque alexandrin pour qu'il agisse sur les bestioles. C'était incroyable. Au son de sa voix, les spermatozoïdes sortirent un à un de leur léthargie. Bientôt, la catalepsie ne fut plus qu'un souvenir, ça s'agitait dans tous les sens. Les Saint-glaglasiens poussèrent des cris de joie.

— *Muy bien*, les *bambini*! *Gut vitalidad*[4] !

L'assistance était enthousiaste.

— *Gut vitalidad*! *Gut vitalidad*! entonnèrent-ils tous à tue-tête.

Vanille adressa un clin d'œil à Frédé, puis Hugo reprit la parole.

— Je crois que la démonstration est claire. Dès que les tonalités propres à l'accent québécois se font entendre, les spermatozoïdes se figent. Alors, quelques mots échangés pendant ou après l'acte, une chanson entendue à la radio ou les infos d'un programme télé local, et les ovules resteront seuls, sans visite et donc sans fécondation. C'est machiavélique! On va préparer un petit montage, accompagné d'un texte bref et explicite. Je me charge de le faire parvenir dans chaque ziglou de la république, et même du côté de l'ONU et des médias.

---

1. Petit, en allemand.
2. Abréviation de *espermatozoo*. Spermatozoïde, en espagnol.
3. Ça va bien? en italien.
4. Vitalité, en espagnol.

— Je veux bien m'en occuper, proposa Frédé.

À cet instant précis, on entendit la première défla-gration contre la porte du ziglou. La troupe plongea à terre, tandis que Paul et Lionel se précipitaient aux fenêtres. Dehors, une quinzaine de flics de la Sûreté, protégés derrière leurs boucliers d'assaut, s'apprêtaient à investir les lieux.

Ce n'était pas le moment de se rendre.

22

À l'attaque !

Maintenant qu'il avait lancé son coup de semonce, Napoléon autorisa l'utilisation des communications. Il avait besoin de savoir combien de forcenés se terraient dans le ziglou qu'ils encerclaient. Plus rapide qu'un vieux télécopieur et plus servile qu'un chien, son assistant lui transmit la réponse dans les trente secondes.

— Ils sont sept au total, chef, dont trois femmes. Tout le monde est inscrit au résoboulot. Rien d'anormal à signaler.

— Mouais, méfions-nous quand même. Avec Frédé, ils sont cinq hommes.

— Qu'est-ce qu'on fait, chef ?

— On attend le reste de la troupe et on charge. N'oublions pas qu'on a affaire à des terroristes, il ne faut pas parlementer. Et puis, on a assez tergiversé comme ça.

À Saint-Félicien, le ziglou de Frédé avait vite été transformé en musée du désordre. Les flics avaient tout renversé, sans même savoir ce qu'il fallait chercher. Bien sûr, ils n'avaient rien repéré de plus que Double détente avant eux, sauf la chambre d'un enfant. Ça, c'était plutôt rare. Et le plus coriace des gladiateurs pouvait toujours craquer à la vue d'une couche-culotte ou d'un biberon.

Napoléon avait bien assimilé cela. Il avait utilisé ce point faible pour enfoncer son clou de haine dans la cuirasse autochauffante de ses hommes. Celui qui séquestrait un enfant ne pouvait être que le pire des monstres. Il ne méritait aucune pitié. Les gars avaient relevé le menton, prêts à défendre l'orphelin. Justement, l'un d'eux posa la question qu'il ne fallait pas.

— Chef, pour le gamin, qu'est-ce qu'on fait ?

— Ben… on entre et on le récupère, c'est tout.

— Donc, on y va mollo…

Napoléon s'énerva. Comment pouvait-on y aller mollo avec de dangereux rebelles armés ? N'importe quoi. On ne met pas des gants avec le terrorisme, on met le feu aux poudres.

— N'oubliez pas que ceux qui sont là-dedans n'en sont pas à leur premier mauvais coup. Ce sont des tueurs de flics ! Si vous les ratez, eux ne vous rateront pas. On arrête de jouer aux grands frères et on obéit aux ordres. Nous ne céderons pas au chantage.

— C'est très clair, chef.

L'attaque s'organisa rapidement.

La défense fit de même.

À l'intérieur, les enfants furent cachés d'urgence dans les caves. L'épaisseur de la couche de glace empê-chait de pénétrer dans les ziglous ailleurs que par la porte principale. Ça limitait les dangers potentiels, mais ne les éliminait pas pour autant.

Paul sortit de sous le plancher les quelques armes qu'il conservait au cas où… Un bazooka datant de la nuit des temps, trois carabines de calibre 22, un lot de pistolets Mauser automatiques vieux d'un siècle et des grenades : tout un fatras récupéré au hasard des rencontres ou échangé contre des barrettes de mémoire impayées.

Les bras ne manquaient pas pour protéger les issues avec des matelas. Napoléon estimait affronter huit adultes, alors qu'ils étaient vingt et un, plus Hugo qui s'activait de son côté pour glaner des informations toutes chaudes sur l'assaut prochain.

Frédé et Vanille s'étaient retirés dans le bureau de Paul pour préparer le communiqué. L'agent double dévisageait la très charmante scientifique, incapable de se concentrer sur sa tâche. Il fit un ultime effort pour s'intéresser à sa mission. C'est dur d'être un héros.

Une deuxième explosion vint faire trembler les gonds de la porte d'entrée. Lionel riposta en lâchant une rafale en direction des assaillants. Il y eut un silence. Infime. Puis les gars de la Sûreté se déchaînèrent, certains d'avoir affaire à des professionnels de la mitraille. Les balles dégringolèrent sans relâche à travers les fenêtres du rez-de-chaussée et brisèrent la glace accumulée ; une véritable pluie de grêlons s'abattit à l'horizontale. On se demande comment personne ne fut touché.

Paul se saisit du bazooka qu'il braqua sur la moto-glace la plus proche. Il fit feu. Il fit mouche. Le gros boum calma les nerfs de part et d'autre.

— Les rats, ils nous bombardent! vociféra Napoléon, qui n'avait pas prévu ça. Bon, pas de conneries, on se replie et on assiège leur foutue cabane.

Son assistant transmit les ordres.

À l'intérieur, c'était l'explosion de joie.

— Ils abandonnent! On a gagné!

— Pas si vite, les amis. Ils ne font que reculer pour mieux sauter. Et on ne pourra pas jouer à ça éternellement, je le crains. Il va falloir économiser nos forces.

Paul désignait le petit tas de munitions. Pas de quoi tenir bien longtemps.

Dehors, les flics avaient l'avantage. Profitant des trois autres ziglous abandonnés, ils pouvaient organiser des tours de garde et se réchauffer. Avec un minimum de patience, ils finiraient bien par cueillir les résistants. Puis il était si simple de couper l'électricité aux reclus… Le froid est un excellent médiateur.

L'après-midi se poursuivit au ralenti, ponctuée de-ci de-là par des tirs d'armes sporadiques. Les hommes de Napoléon s'étaient regroupés autour de leur chef, énervés comme des abeilles au printemps. Celui-ci, bien que dépassé par les événements, avait décidé d'affirmer son statut de leader par quelque déclaration intempestive. Il faut avouer qu'il avait des facilités pour ce type de débilité. Il faut dire aussi que les flics gobaient facilement les diatribes de leur chef.

Il les réunit dans la salle à manger du ziglou de Georges et de sa famille secrète.

— Nous avons affaire à une bande de dangereux malfaiteurs, mais j'ai la situation bien en main. Ils sont coincés avec leurs armes désuètes et, en plus, ils risquent de mettre en danger la vie d'un jeune enfant.

Au pays de la grande stérilité, ce genre de discours correspondait à la pire des sentences.

23

Les renforts se font attendre

De leur côté, les assiégés avalaient quelques verres de vin rouge accompagnés de sandwichs aux rillettes de contrebande. Ils savaient qu'ils avaient intérêt à savourer leur plat du soir, car les ravitaillements risquaient de se faire désirer. Le moral se maintenait tant bien que mal.

Peu avant que la nuit ne tombe complètement, Vanille et Frédé vinrent annoncer que leur communiqué et une copie de la démonstration des spermatozoïdes venaient d'être transmis à Hugo, qui devait s'assurer de leur diffusion. La nouvelle n'eut pas l'effet escompté. Les assaillis auraient préféré qu'on leur livre un camion de munitions ou un char d'assaut.

Cinq minutes plus tard, le courant fut coupé. On alluma des chandelles et une génératrice. La nuit s'annonçait longue et froide.

Quelque part au cœur de ce bazar, sept marmots dormaient profondément.

Ça ressemblait à une trêve nocturne. Pourtant, Paul continuait à faire les cent pas en répétant la même chose que personne ne comprenait.

— Ils ne viendront pas! Je le sais depuis le début, ils ne viendront pas. Ils s'en foutent. Et ils ont raison!

Georges, Lionel, Ingrid, Mika, Frédé, Vanille et tous les autres tentèrent de le calmer. En vain, bien entendu. Pourquoi n'allait-on pas se coucher? Demain, la journée serait suffisamment pénible comme ça!

On souffla les bougies, mais les flics branchèrent de gros projecteurs qu'ils braquèrent sur la façade.

— Et Hugo, qu'est-ce qu'il raconte? questionna Georges.

— Je lui ai transmis notre communiqué, puis rien. J'ai l'impression qu'on a été isolés du monde, les amis. Ils ont dû sectionner le câble qui nous relie au réso. Autant dire qu'on est tout seuls avec nous-mêmes, remarqua Frédé, étonnamment calme.

Après tant d'années à comploter en solitaire, c'était presque agréable de pouvoir se battre à visage découvert contre les méchants. Ça lui paraissait plus simple, bien qu'il se demandât encore s'ils luttaient contre la bonne cible. Les gars de la Sûreté n'étaient que des pions.

— Eh, on fait des tours de veille ou on organise un tournoi de bras de fer?

Ce genre d'humour sortait de la bouche d'Ingrid.

— Reposez-vous, je reste là. Je suis incapable de fermer un œil, lança Paul.

— Je te tiens compagnie. Moi aussi, je suis énervé. Je dois couver une insomnie, lui répondit Lionel.

Le reste de la troupe se répandit un peu partout à la recherche d'une surface plane, d'un drap ou d'une couverture. On n'entendit bientôt plus que des ronflements.

Deux heures passèrent ainsi. Trop calmes.

Et ça péta fort au milieu du sommeil des justes. Baoum !

— Les enfoirés, je ne les ai pas vus venir. Tire !

Paul et Lionel lâchèrent des rafales désordonnées en direction des lumières qui les aveuglaient. Mais les projecteurs semblaient protégés par des vitres pare-balles. Les projectiles ricochaient pour finalement se perdre dans la glace. Ils gaspillaient leurs munitions. Les flics continuèrent leur pilonnage avec des miniroquettes aux effets foudroyants.

En cinq minutes, le ziglou de Paul avait perdu un tiers de son mur d'entrée. Le trou béant ressemblait à un cratère. Il n'y avait plus de place pour se protéger. Lionel avait été blessé au bras par un éclat de verre.

— Il faut se rendre, sinon ils vont nous massacrer ou nous regarder crever de froid, décida Paul.

Caché avec les autres derrière la cuisine, il se résigna. Ils ne feraient jamais le poids. Ils préparèrent un drapeau blanc avec un torchon attaché au bout d'un manche à balai. Paul lui-même irait en avant pour signifier la reddition. Dur moment. Ils pleuraient tous. Paul s'immobilisa juste avant de traverser la cloison.

— Écoutez !

On entendit un bruit incroyable. Une énorme sono diffusait une musique faite de percussions sublimes. Un rythme guerrier, inexorable. On perçut quelques craquements, puis les projecteurs s'éteignirent les uns après les autres. Une dizaine de motoglacistes surgirent et fondirent sur les flics en leur tirant dessus avec des armes à effet somnifère instantané, nettement plus modernes que les antiquités de Paul.

— Ils sont venus ! Ils ont eu mon message ! gueula Paul en jetant son balai inutile.

Ils, c'étaient les Zaïrois : Loh, Mah et huit membres de leur tribu. À leur façon d'opérer, il était évident que ces gars-là avaient quelques heures de pratique des armes dans les bras. Vingt minutes plus tard, les flics encore éveillés étaient coincés dans le ziglou du chef Napoléon. Une bonne attaque surprise, c'est toujours payant.

Loh avait rejoint Paul.

— Merci, mon frère. Tu nous as sauvé la vie.

— Bah, c'est surtout que ça m'ennuyait de perdre un bon client…

— Je m'en doute. Au fait, quand on t'envoie des SOS, tu pourrais répondre ! Je croyais que tu étais parti en vacances, moi.

— Non, je faisais la sieste. Il ne faut pas rigoler avec ça, tu sais…

Pendant que les deux amis se donnaient de grandes claques dans le dos, Frédé avait filé dans le troisième ziglou. Il en revint vite, et s'adressa à Paul.

— J'ai réussi à joindre Hugo. La république entière est au courant pour le génocide lent. Ça éclate dans tous les sens. Il suggère de laisser la Sûreté agir, juste pour limiter les dégâts.

— T'es sûr de ça ? lui demanda Paul, plus que dubitatif. Les flics nous ont quand même tiré dessus. Ils ont essayé de nous supprimer. Et pour une fois que le peuple se révolte, j'aurais plutôt envie de lui donner un coup de main.

— Oui, moi aussi. Mais, puisque les policiers sont également au courant, ils ne défendront pas le pouvoir, au contraire. Par contre, ils peuvent éviter que les gars du Cercle tirent dans le tas. Le peuple n'a pas l'air très outillé côté armes à feu. Ce n'est pas avec leurs calculettes qu'ils risquent de faire beaucoup de dégâts dans le palais présidentiel. Et puis, Hugo voudrait parler personnellement à Napoléon.

— Vu sous cet angle, cela peut avoir de l'allure, j'avoue.

Frédé et Paul se dirigèrent vers le ziglou de Georges pour conclure cette affaire. Les autres colmataient les brèches de la maison trouée.

24
La vérité fait mal

Solidement encadré par Loh et Paul, Napoléon fut conduit dans la salle de télévision. Là, Frédé lui expliqua dans les moindres horreurs ce que tous savaient. L'autre ne bronchait pas.

— La population risque de faire des conneries. Il faut la protéger contre elle-même, avança Frédé.

— Je n'ai pas d'ordre à recevoir de toi. Je suis le chef de la Sûreté du Québec, pas ton employé, siffla Napoléon à son ancien camarade de classe.

— Certes.

Frédé n'insista pas. Il acheva son exposé, puis se tourna vers le moniteur et appuya sur une touche.

— Il y a une autre personne qui désire vous parler : votre pirate.

Le visage d'Hugo apparut plein écran. Napoléon se redressa, mû par son instinct de flic.

— Bonjour, Napoléon. Eh oui, c'est moi que vous n'avez jamais réussi à attraper. Celui qui est censé montrer le bon exemple à la génération montante. Mais, trêve de bavardage, j'ai peu de temps, tout comme vous. Avant de vous libérer, je voudrais m'assurer que vous êtes convaincu de notre bonne foi à tous. Vous savez l'essentiel. Maintenant, j'ai là un document qui va vous faire du mal et j'estime que vous devriez en prendre connaissance. Je vous laisse le lire seul. Au revoir ! On se croisera sûrement un peu plus tard. Si vous désirez me joindre, vous n'avez qu'à me siffler sur le réso.

Hugo s'évanouit dans les profondeurs de l'ordinateur.

L'image de documents apparut, agrandie. Certains noms avaient été soulignés, comme ceux de Burk, de Pasteur, de Napoléon et de feu sa femme, entre autres. Le directeur de la Sûreté se mit à lire, puis pâlit. Il tint bon jusqu'au bout, serrant les dents. Il se leva, livide. Il parla sans lever les yeux.

— C'est bon. J'ai quelques mots à dire à ces enflures.

Après un rapide compte rendu aux flics, on relâcha ceux qui étaient encore vaillants. Ils sautèrent sur leurs motoglaces pour s'empresser de défendre le peuple et féconder leur femme en parlant espagnol.

Napoléon n'avait pas ajouté un mot.

25

En direct

Partout sur le territoire du Québec, les réactions s'intensifiaient.

La nouvelle du complot de Burk et Wagner avait eu l'effet d'une bombe. Après quelques gestes isolés contre les demeures des gouvernants, la résistance avait fini par s'organiser. Hugo, sous les traits d'une vieille femme, menait le bal. Connaissant Burk et ses collègues du Cercle, il craignait le pire concernant leurs réactions et autres représailles.

Du doigté s'imposait, ainsi que des actes symboliques.

Dès l'arrivée du communiqué concocté par Frédé et Vanille, Hugo avait senti une activité dans le Cercle. Ça ne rigolait pas. Ils étaient tous en grand conciliabule : Burk, Pasteur et les quatre autres pères de famille.

— Quel est l'enfant de salaud qui a balancé cette info ? éructait Burk. Qu'on appelle immédiatement le chef de la Sûreté !

— Il est introuvable. Il est parti ce matin pour une mission ultrasecrète en région et…

— C'est du délire. Amenez-le-moi immédiatement ici !

— Bien, monsieur le président.

— Bon, où en est-on avec les hélicoptères de secours ? Je n'ai pas envie de me faire crucifier par une bande de trous du cul qui me reprocheront de leur avoir fourni du boulot pendant toutes ces années. Ah ! je les sens venir, ces fainéants, ils veulent bien gagner de l'argent, mais il faudrait que ça leur tombe tout cuit dans le bec !

Hugo s'était précipité sur la connexion de l'héliport Dorval pour saboter quelques instructions. Les grandes hélices ne risquaient pas de tourner de sitôt.

À partir de là, comment faire pour que les responsables de la grande stérilité rencontrent leurs électeurs ? Hugo craignait plus que tout un bain de sang. Les gars du Cercle sauraient toujours profiter de ce genre de situation pour s'éclipser en direction des mers du Sud. Avec des brouettes de pseudo-dollars, on peut réussir à convaincre de son innocence la planète entière.

Profitant du bordel généralisé, Hugo parvint à activer la minicaméra incorporée dans le moniteur de la salle du conseil du Cercle. Cet écran mobile enregistrait toutes les rencontres. Une aubaine pour l'adolescent. Il tira vite un fil, le brancha sur le réso national et le tour fut joué. Aussitôt, le Québec écouta, halluciné, le discours de Burk à ses proches alliés. Ne sachant pas encore qu'on pouvait l'entendre, celui-ci ne faisait pas dans la demi-mesure.

— Et ce Napoléon, vous l'avez enfin localisé?

— Il vient de nous contacter, monsieur le président. Il a été attaqué par une bande de terroristes, mais il s'en est sorti. Il devrait être chez vous dans un quart d'heure au plus.

— Je veux que les hommes de la Sûreté se déploient autour du palais, avec ordre de tirer sur tout ce qui bouge. Je veux que les gens aient peur. Que Napoléon descende quelques excités devant les caméras de la télé. Une balle dans la nuque leur servira d'exemple et calmera les esprits. C'est moi, le patron, ici. Et puis… Quoi encore?

On venait d'entendre un gros grésillement dans la transmission. Hugo était soudain apparu à l'écran, avec son allure ridée.

— Excusez-moi de vous déranger, monsieur le président. Je voulais vous avertir que vous êtes…

— D'où sort cet envahisseur? gueula le président des Québécois. C'est le Cercle, ici! hurla-t-il si fort que ses cordes vocales faillirent lâcher.

Hugo lui répondit poliment.

— Président, au cas où ça t'intéresserait, tu es en direct depuis dix minutes sur tous les moniteurs du réso. Ton peuple t'écoute avec grand intérêt, de même que la presse internationale. Tous aimeraient te poser quelques questions. Et n'essaie pas de te pousser de là, car tu as une charge explosive sous les fesses. Si tu te lèves, j'en connais qui te feront sauter le derrière sans sommation. C'est clair? Et c'est pareil pour tous ces messieurs, tes amis.

On vit Napoléon et une dizaine de ses hommes se pointer dans les différents bureaux où se terraient les dirigeants en conversation virtuelle. Ils braquaient leurs mitraillettes de dernière génération sur les six hommes du Cercle, tous bedonnants, rouges de honte et de peur.

Le chef de la Sûreté avait choisi de s'occuper du ministre Pasteur. Une fois derrière lui, il lui asséna un coup de crosse métallique sur l'épaule, histoire de lui signifier qu'il était bien parvenu au terme de ses délires. Vu le regard que Napoléon lança ensuite à Burk, personne ne se fit d'illusions sur son opinion.

Hugo enchaîna. Les temps morts, ça tue l'audience télé.

— Place à l'info libre, place aux questions des téléspectateurs. Monsieur, comment vous appelez-vous?

— Thomas Dubois.

— Et quelle est votre question, monsieur Thomas Dubois?

— Burk, ils sont où tes gamins, que je les étripe moi-même? Hein?

Burk devint livide. Incapable de répondre. Hugo fit durer le face à face encore un peu, puis enchaîna avec une autre question.

Anéantis, tous les membres du Cercle avouèrent un à un leurs crimes. Ils racontèrent la mise au point de la grande stérilité. Comment ils avaient appris l'anglais à leur femme et à leurs enfants pour s'assurer une descendance. Ils annoncèrent combien ils avaient accumulé d'argent pendant toutes ces années. Ensuite, ils commencèrent à vider leur rancœur contre Burk, despote parmi les despotes.

Les appels affluaient de partout, triés par un Hugo aux anges. Ah! si tout pouvait toujours finir par une confrontation sans intermédiaire entre le bourreau et ses victimes!

Une question revenait souvent, répétée inlassablement.

— Pourquoi?

— Pourquoi avez-vous commis cette abomination?

— Pourquoi avez-vous condamné votre peuple à s'éteindre?

— Pourquoi avoir permis ce génocide lent?

Les réponses se ressemblaient toutes : le pouvoir, l'argent, les Zétas. Les Zétas, l'argent, le pouvoir. Et, derrière eux, la main de Wagner qui les avait manipulés comme de ridicules marionnettes. Les gens enrageaient devant tant d'imbécillités. Les téléspectateurs pleuraient. C'était vraiment à désespérer.

L'ultime rencontre entre l'adolescent et le chef de la police eut lieu discrètement, les deux voulant éviter qu'on les sache en présence de l'autre. Ironie de l'histoire, les ennemis se serraient momentanément les coudes. Napoléon en devait une à Hugo, qui lui avait appris la sinistre vérité.

L'épouse de Napoléon faisait partie de ces trois femmes qui s'étaient suicidées, il y a quelques années, à la suite du décès prématuré de leur enfant adoptif. Les documents dénichés par Hugo prouvaient que les ordres venaient d'en haut, que tout avait été prémédité.

À l'époque, le ministre Pasteur s'était chargé de régler tous les détails, notamment celui de l'infection programmée des bébés adoptés. Après le drame, Napoléon s'était durci, mais il n'avait jamais oublié. La plaie venait de se rouvrir, béante, et ça faisait mal. Là, il tenait enfin les coupables et il ne les laisserait pas filer.

— OK, Hugo, tu as la permission de minuit pour circuler librement. Ensuite, je serai obligé de te coffrer.

— Merci, Napoléon. De toute façon, il est temps pour moi de rentrer à la maison. C'est aux Québécois de s'organiser désormais.

Ils se quittèrent ainsi, comme de vieux ennemis.

Un peu plus tard en soirée, on fit l'inventaire des enfants non déclarés qui vivaient sur le territoire. Outre ceux des membres du Cercle, de la communauté de Saint-Glagla et René, le fils de Frédé, on en répertoria plus d'une centaine aux quatre coins du pays.

Les conditions de leur procréation confirmaient toujours la technique de la grande stérilité. Des jumeaux avaient un père et une mère adeptes du vieux latin, des originaux qui ne communiquaient que dans cette langue morte. Il y avait de nombreux cas d'Anglais et d'allophones qui s'étaient cachés après l'indépendance. Des Juifs, des Italiens, des Grecs et tous les sourds-muets, avec des enfants qui avaient grandi dans la clandestinité.

Soudain, les visages sortaient de l'ombre et s'affichaient plein écran, les yeux ronds. Ça pleurait fort dans les ziglous.

Une nouvelle ère s'ouvrait sur la glace.

Neuf mois plus tard

Paul fit glisser sa motoglace qui se stabilisa à deux pieds de celle de Loh. Un peu plus et il se pointait en retard au rencard. En arrière, Mah lui adressa un vague signe de la main. Au centre du lac gelé, le vent soufflait trop fort pour qu'on puisse s'éterniser. Les trois hommes sentaient le froid transpercer chacune de leurs couches protectrices.

— Qu'est-ce que tu as de bon à me proposer, aujourd'hui? demanda Paul au Zaïrois.

— Que des bonnes choses, répondit laconiquement Loh. Tu as besoin de quoi?

— Comme d'habitude. Barrettes de mémoire vive...

— Ça a repris?

— Eh oui, que veux-tu, il faut bien gagner sa vie. Après avoir fait la fête et des bébés, les gens doivent atterrir. Surtout qu'un couple sur deux attend un enfant. Tu imagines... Il va falloir les nourrir, tous ces gamins. Il va falloir qu'ils bossent, leurs parents, fit Paul sur un ton paternaliste.

Loh éclata de rire, bientôt suivi par son frère. Les affaires reprenaient. Vive la grande fécondité!

Paul lui tapa dans les mains et sortit ses pseudo-dollars.

Hugo n'en revenait toujours pas.

Son père avait complètement arrêté de trembler lorsqu'il avait appris qu'il serait de nouveau papa. Tout ça parce que ses parents avaient passé la fameuse nuit de l'annonciation à faire l'amour en baragouinant un espagnol approximatif entendu lors d'un voyage au Costa Rica. Hugo était rentré à l'aube et il les avait trouvés enchevêtrés, endormis au beau milieu du salon, nus comme des vers et visiblement heureux.

Et quand il avait su qu'il aurait une petite sœur comme cadeau d'anniversaire pour ses quinze ans, il avait remercié tous les saints du ciel, et saint Glagla en particulier. En attendant le grand jour, son père aidait sa mère sur le résoboulot. Hugo aussi donnait un coup de main.

Quand il n'était pas dehors en train de foncer sur sa motoglace.

André Marois

André Marois est arrivé au Québec en 1992 aux commandes d'une moto-glace. Il l'a rangée au garage pour se consacrer à l'écriture. Auteur, scénariste et chroniqueur, André se démarque par son ironie grinçante, son imagination débridée et son style incisif.

À la courte échelle, il a publié des romans noirs pour adultes, des recueils de nouvelles et des romans policiers pour la jeunesse (séries *Jérémie et Malie* et *Les Allergiks, La main dans le sac*). Pendant l'écriture des *Voleurs d'espoir,* il enfourchait parfois sa moto-glace pour faire vrombir ses neurones.

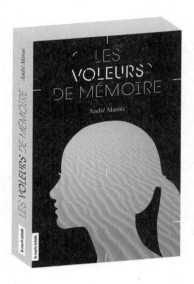
Le territoire est un désert. La canicule enveloppe le pays. Une épidémie se répand dans la population : la grure. Cette maladie efface la mémoire. Le gouvernement isole les malades. Chacun peut être infecté.

Lolla, quatorze ans, est l'Aînée de la nouvelle génération des Québécois. Elle découvrira une sinistre réalité…

RECYCLÉ
Papier fait à partir
de matériaux recyclés
FSC® C100212

Achevé d'imprimer
en janvier deux mille treize, sur les presses
de l'imprimerie Gauvin, Gatineau, Québec